DU RONDEAU

DU TRIOLET

DU SONNET

PAR

PAUL GAUDIN

PARIS

LIBRAIRIE CENTRALE (J. LEMER)

9, RUE CHRISTINE, 9

M·D CCC LXX

DU RONDEAU

DU TRIOLET

DU SONNET.

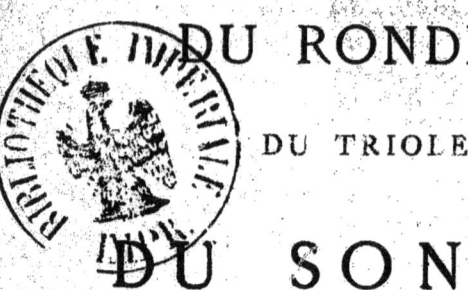

DU RONDEAU

DU TRIOLET

DU SONNET

PAR

PAUL GAUDIN

PARIS

LIBRAIRIE CENTRALE (J. LEMER)

9, RUE CHRISTINE, 9

~~~~~~

M D CCC LXX

PRÉFACE.

De toutes les formes poétiques actuelles dont la trace puisse être suivie dans notre histoire littéraire, il n'en est pas de qui les destinées offrent entre elles plus d'analogie que le Sonnet, le Triolet et le Rondeau. S'il est vrai que les introducteurs du Sonnet en France commencèrent par proscrire les deux formes plus anciennes, depuis, une fois passée cette première heure d'intolérance, ce fut toujours ensemble et aux mêmes dates qu'on vit les trois poëmes fleurir ou disparaître. « Le Sonnet, comme le Rondeau, comme le Triolet et les autres exercices du rhythme et de la rime, dit M. Charles Asselineau[1], sont un symptôme en histoire littéraire. On ne les trouve cultivés et florissants qu'aux époques de forte poésie, où l'imagination des poëtes s'inquiète également du sentiment et de la forme, de l'art et de la pensée. » Ces derniers mots semblent un peu absolus, si l'on songe qu'au XVIIe siècle, par exemple, le grand maître en l'art du Rondeau, et aussi du Sonnet, fut le peu poétique M. de Voiture. Mais, ce point réservé, un fait demeure constant : à l'époque des Ruelles, comme à celle du Cénacle, l'un des trois rhythmes ne vint pas sans l'autre, et tous trois furent également dédaignés des libres-rimeurs de l'école de Voltaire.

Cette conformité dans les alternatives d'éclat et de décadence est un des liens qui enchaînent l'une à l'autre les trois études, d'ailleurs très-distinctes, qu'on va lire. Ecrites à d'assez longs intervalles, sans plan

[1] Histoire du Sonnet pour servir à l'histoire de la Poésie Française. Alençon, 1856.

d'ensemble et uniquement parce que les sujets m'ont souri tour-à-tour, elles me paraissent à présent faire corps, former un tout, et je crois voir clairement le fil qui, à mon insu, m'a conduit.

Il y a, dans les petits poëmes dont l'histoire compose ce volume, un élément essentiel et primant tout : le rhythme, qu'on ne retrouve avec la même importance dans aucune des formes actuellement en usage. Élégie, Ode, Epigramme, Satire, ou telle autre qu'il vous plaira de nommer, laissent à l'auteur liberté entière, et l'un de ces titres, lu en tête d'une œuvre, en fait simplement préjuger le ton, mais non pas la coupe. Ici, au contraire, c'est de la coupe seule que le titre nous rend avertis. Le fond sera raillerie ou plainte, grave ou enjoué, selon la fantaisie du poëte; un point unique est d'avance réglé et reste invariable : la forme. C'est elle qui donne à l'œuvre son nom, elle qui la classe Sonnet, Triolet ou Rondeau.

Si, maintenant, l'on me demande pourquoi
j'ai étudié précisément ces trois rhythmes,
à l'exclusion de quelques autres comme
Ballade, Lai, Virelai, Chant-Royal, la
réponse est aisée : j'ai pris ce que je trouvais
debout. J'ai prétendu, non exhumer les
formes en honneur chez nos pères, mais rechercher d'où et comment sont venues jusqu'à nous celles que nous rencontrons chaque jour dans nos recueils contemporains.
Quant à ces autres formes, d'hier connues
en France, la Terzine, la Sextine, je n'ai
rien à en dire, sinon qu'elles datent d'hier.
Pour résumer d'un mot, j'ai choisi ces trois
rhythmes parce que ce sont les seuls survi-
vants, de ceux qui ont une histoire, les seuls
ayant une histoire, de ceux qu'on emploie
aujourd'hui.

DU RONDEAU

DU RONDEAU

A mon ami Charles Vincens.

J E me propose d'étudier , en quelques pages, un des moindres genres de notre poésie française , le Rondeau , d'en faire l'historique en citant les modèles, et de le montrer, aussi bien sous ses deux premières formes que sous la dernière, ingénieux, subtil, raffiné, n'en déplaise à Boileau et au vers fameux :

Le Rondeau, né Gaulois, a la naïveté.

De ces trois formes successives du Rondeau, la plus ancienne est ainsi réglée : huit

vers sur deux rimes, le premier revenant
après le troisième, et repris en refrain avec
le second pour terminer la pièce. C'est ce
qu'aujourd'hui on nomme Triolet. Je cite
un triolet comme exemple :

> *Le premier jour du mois de mai*
> *Fut le plus heureux de ma vie.*
> *Je vous vis et je vous aimai*
> *Le premier jour du mois de mai.*
> *Le beau dessein que je formai!*
> *Si ce dessein vous plut, Sylvie,*
> *Le premier jour du mois de mai*
> *Fut le plus heureux de ma vie* [1].

Tel le Rondeau parut, du xiii⁰ au xiv⁰ siècle,
contemporain de la Ballade, du Virelai, de
la Pastourelle, modes nouveaux qui ne furent
que des perfectionnements de la chanson.
C'était l'art qui naissait. La naïve et rude
école du moyen âge prenait un air moins bar-
bare; on faisait toilette; à ceux qui n'avaient

---

[1] Triolet de Ranchin, conseiller au Parlement de Paris
(xvii⁰ siècle).

vu encore qu'un des côtés de la poésie, l'autre côté apparaissait : la forme. Tous les sujets étant épuisés, les mêmes choses ayant été dites cent fois de la même manière, il fallait bien, pour réveiller l'attention, trouver quelque autre façon de les dire. Les rhythmes se compliquèrent; on eut, pour ranimer un auditoire blasé, le charme de la difficulté vaincue. C'est ainsi que toute cette pousse de petits genres, aux cadences savamment combinées, fleurit désormais en regard des lourdes et imposantes créations des temps antérieurs : poëmes historiques, chansons de gestes, légendes, allégories, chroniques rimées. A mesure que les poëtes devinrent plus habiles, leur public se fit plus délicat ; l'effet musical d'une mesure plus précise les séduisit tous, clercs et châtelains, et nous voyons bientôt, dès le xive siècle, la chanson presque absolument abandonnée, au profit de la coquette famille qu'elle avait fait naître. C'est en ce temps qu'il faut placer, sinon la naissance du Rondeau, du moins sa

diffusion et sa mise en vogue à la suite de
son envahissante rivale, la Ballade. Il n'est
guère, au XIVe siècle, de recueil rimé qui ne
contienne bon nombre de rondeaux ou *ron-
dels*, comme on écrivait alors. Les plus fameux
écrivains de l'époque, Guillaume de Machault, Froissart, Eustache Deschamps,
Christine de Pisan, figurent parmi les maîtres du genre. L'exemple suivant est de
Machault, « le grand rhétorique de nouvelle
fourme, disent les contemporains, qui com-
mencha toutes tailles nouvelles et les parfais
lais d'amour. » Peut-être, d'après ce témoignage, faudrait-il voir en lui le créateur, ou
tout au moins le patron du Rondeau, celui
qui, par son talent, consacra le genre et lui
fit sa place dans la poétique de nos pères.

Blanche com lys, plusque rose vermeille,
Resplendissant com rubis d'Oriant,
En remirant [1] *vô biauté non pareille,*
Blanche com lys, plusque rose vermeille,

[1] Admirant.

Sui si ravis que mon cuers toudis [1] veille
Afin que serve à loy de fin amant [2],
Blanche com lys, plusque rose vermeille,
Resplendissant com rubis d'Oriant.

On a parfois attribué l'invention du Rondeau à Venceslas de Luxembourg, duc de Brabant, dont Froissart fut un moment le secrétaire. Je ne sais trop sur quoi cette opinion s'appuie. Le recueil fait par Froissart des chansons du prince (1384) est postérieur de sept ans à la mort de Machault (1377). Est-on bien sûr, d'ailleurs, que Venceslas ait fait des rondeaux ? Froissart dit, il est vrai, avoir « enclos » dans son ouvrage

Toutes les chançons que jadis
Feït le bon duc de Brabant,
Wincelaus dont on parla tant ;

mais il ajoute, deux vers plus loin :

Car ce prince fut amourous

---

[1] Toujours. *Di*, de *dies*, comme dans Lun*di*, Mar*di*, etc.
[2] Afin que je serve suivant la loi d'un parfait amant.

Et le livre me fit jà faire
Par très grand amourous affaire [1].

Que conclure de ces deux passages ? Que, quand un prince a un secrétaire poëte, les poésies du prince risquent fort d'être du secrétaire. Voici un spécimen des rondeaux de Froissart :

On doit le temps ainsi prendre qu'il vient ;
Tout dist que pas ne dure la fortune.
Un temps se part et puis l'aultre revient :
On doit le temps ainsi prendre qu'il vient.
Je me conforte en ce que me souvient
Que tous les mois avons nouvelle lune.
On doit le temps ainsi prendre qu'il vient ;
Tout dist que pas ne dure la fortune.

Cette pièce et la précédente représentent exactement le type primitif du Rondeau. Qu'est-ce autre chose que de la musique ? Un doux motif, une jolie phrase au début ;

---

[1] Cité par Goujet. *Biblioth. Franç.*, t. **IX**, art. *Froissart*. Le recueil a pour titre : *Méliador, ou le Chevalier au Soleil d'or.*

l'auteur développe sa pensée, varie le thème,
puis, tout à coup, par une modulation facile,
ramène cette phrase qui nous a charmés. Et
ici, remarquez-le bien, tout est assorti. Ce
retour de la même phrase, si ingénieux, si
bien trouvé, n'en est pas moins un petit
moyen, ce qui s'appelle dans les ateliers —
qu'on me passe le mot — une ficelle. Mais
le genre lui-même n'est rien que bluette :
à petit genre, petit moyen ; c'est dans
l'ordre.

Ce moule étroit, dans lequel les premiers
maîtres enfermèrent le Rondeau, ne tarda
pas sans doute à paraître insuffisant. Froissart, si près encore des origines, ne s'astreint
pas toujours au nombre de huit vers [1]; déjà
même avant lui, ce nombre était assez souvent dépassé. On ajoutait un ou plusieurs
vers, soit au refrain, soit au corps du poëme,
quelquefois à l'un et à l'autre, comme dans

[1] Notamment dans la pièce souvent citée : Mon doux
ami, adieu jusqu'au revoir;... etc.

la pièce suivante de Jehannot de L'Escurel,
poëte d'hier connu, qui a sa date probable
entre Machault et Froissart[1] :

> *Diex, quant la verrai*
> *Celle que lessai*
> *En ce dous païs?*
> *Sien sui et serai.*
> *Diex, quant la verrai,*
> *Ja n'en partirai,*
> *Ains la servirai*
> *Com laïaus amis.*
> *Diex, quant la verrai,*
> *Celle que lessai*
> *En ce dous païs?*

Ce furent là, semble-t-il, les premiers pas
vers une coupe nouvelle. On se sentait mal à
l'aise dans ce rhythme si bref de huit vers, et
on l'allongeait librement d'abord et sans règle,
mettant le refrain où il voulait tomber. Ce dut

---

[1] C'est du moins celle qu'indique dans sa préface M. Ana-
tole de Montaiglon, l'éditeur des Chansons, Ballades et Rondeaux de Jehannot de Lescurel, poëte du XIVe siècle. *Paris,*
Janet, 1855.

être ainsi peu à peu, en tâtonnant, qu'on
arriva à fixer le nombre des vers et la place
des refrains de la seconde forme, appelée par
les grammairiens Rondeau simple : deux
quatrains séparés par un distique, le refrain
après le distique et à la fin de la pièce.
Au xve siècle, un vrai poëte, Charles d'Orléans, trouvant cette forme ainsi réglée, la mit
en œuvre et fit sa gloire.

Charles d'Orléans, neveu du roi Charles VI
et père du roi Louis XII, fut, comme on sait,
l'un des plus fins, des plus délicats parmi ces
arrangeurs de gentillesses. Preuve, entre
d'autres, que le Rondeau n'est pas si naïf que
Boileau veut bien le dire. Villon, poëte populaire, le néglige : c'est sous une forme plus
libre, le huitain, la ballade, qu'il exprime sa
pensée en une langue rude encore. Presque
au même temps, vit un prince-poëte, un
homme de cour, élégant, cultivé, qui entend
malice aux jongleries du rhythme : ses meilleures pièces sont des rondeaux. Le fait par
lui-même est caractéristique, et porte en lui

son enseignement. La Ballade, en effet, se compose de couplets d'au moins huit vers, le dernier vers du premier couplet servant de refrain. Or, ces huit vers courent librement, sans autre obstacle que la rime; le moule est encore assez large, la matière y doit entrer sans grand'peine, la répétition peut être préparée de longue main. Dans le Rondeau, au contraire, les contours étant plus resserrés, il doit y avoir condensation de l'idée; la matière est la même, le moule plus étroit : il faut user de patience et s'ingénier de bien des finesses. Je parle, bien entendu, au point de vue de la pure forme et du mécanisme : question de métier. Il demeure établi que la poésie moins entravée, d'un cours plus abondant, est toujours plus belle, et que ces petits genres à effets factices doivent être relégués au dernier plan.

Il reste peu à dire sur Charles d'Orléans. Demeuré dans l'oubli jusqu'au XVIIIe siècle, où un savant, l'abbé Sallier, le remit en lumière, il a été étudié depuis par la plupart de nos critiques, et ses petits poëmes sont dans toutes les mémoires, gracieux modèles, toujours cités, du Rondeau simple. Manié par lui sous sa seconde forme, le Rondeau prit vraiment une ampleur singulière. Ce n'est plus seulement le cadre agrandi : le dessin est devenu moins maigre, le coloris plus vif, la scène plus animée. On y sent plus qu'un rimeur ; l'œuvre est d'un poëte. Nature, patrie, amour, tels sont les thèmes, variés avec une note mélancolique toute moderne. On sait les délicieuses descriptions du printemps : *Les fourriers d'été sont venus*... *Le temps a laissé son manteau*....., les élégies charmantes : *Laissez-moi penser à mon aise!*... *D'où viens-tu maintenant, soupir ?*... Il faudrait tout citer ; mais tout a été lu ; je ne puis offrir au lecteur que ce qu'il connaît déjà :

> *Gardez* [1] *le trait de la fenestre,*
> *Amants qui par rues passez,*

[1] Gardez-vous du trait, prenez garde au trait...

Car plus tost en serez blessez
Que de trait d'arc ou d'arbalestre.

N'alez à dextre ne à senestre
Regardant, mais les yeulx bessés.
Gardez le trait de la fenestre,
Amants qui par rues passez.

Si n'avez medecin bon maistre,
Sitost que vous serez navrez
A Dieu soiez recommandez :
Mort vous tiens, demandez le prestre.
Gardez le trait de la fenestre.

Le tableau est à souhait ; Gustave Doré dessinerait ce rondeau. Voilà la rue sombre entre deux rangs de hautes maisons à pignons ; le passant galamment vêtu, souliers à la poulaine, coiffure à la Louis XI ; à une fenêtre étroite, une tête de jeune fille avec ces longs yeux que leur donne le peintre.

Vers cette même époque où le royal rondeleur, étendant les attributs du genre, lui faisait jeter un si pur éclat, une troisième forme s'introduisait, qui devait être la forme définitive. Comment elle prit pied, il est facile de s'en faire une idée en parcourant les différents recueils d'alors. C'est toujours la même marche, la même libre croissance d'un rhythme trop étroit. D'abord, semble-t-il, pas d'autre règle que le caprice de chacun : tel rondeau de ce temps n'a pas moins de dix-huit vers. Puis on pose une limite, un nombre fixe est adopté : treize vers; et les poëtes emploient, concurremment avec l'ancien rhythme, cette coupe nouvelle, qui ne diffère du type aujourd'hui en usage que par la longueur du refrain. On trouve, sur ce modèle, des pièces de Hugues Le Voys, Berthauld de Villebresme, Jean et Simonet Caillau, Benoist d'Amiens, Fredet, Philippe de Boulainvilliers, tous rimeurs de l'entourage de Charles d'Orléans; le prince-poëte lui-même a plusieurs rondeaux ainsi allongés. Celui qui suit est de Jean Caillau :

Las! le faut-il? est-ce ton vueil,
Fortune dont me plains et dueil,

Que tout mon tems en doleur passe ?
Souffre que j'aye quelque espace
De repos entre tant de dueil !

N'auray-je de toy autre accueil,
Fors desdaing, reprouche et orgueil ?
Veux-tu qu'en ce point je trespasse ?
Las ! le faut-il ? est-ce ton vueil,
Fortune dont me plains et dueil,
Que tout mon tems en doleur passe ?

Je ris de bouche et pleure d'ueil,
Et fais et dy ce que ne vueil :
Ainsi ma vie se compasse
Maleureuse, chétive et lasse,
En paine et maulx dont trop recueil !
Las ! le faut-il ? est-ce ton vueil.

On a déjà, dans ce petit poëme, tous les éléments du Rondeau moderne : nombre des vers, repos, disposition des rimes, rien n'y manque. Encore un pas, le refrain trop lourd va être allégé, prendre la taille et les vertus du trait : court, vif, piquant ; la forme par excellence du Rondeau sera créée. Voici, de Henri Baude, l'ami de Villon, une pièce qui s'en rapproche singulièrement :

> Le cueur la suyt et mon œil la regrette,
> Mon corps la plainct, mon esperit la guette,
> Celle qui est des parfaictes la fleur,
> Dont à jamais j'ay ordonné ung pleur
> Perpétuel en pensée secrette.
>
> Tous en font dueil, et chascun la souhaitte;
> Plusieurs en ont dure complaincte faitte,
> Car elle avoit gaigné de maint seigneur
>   Le cueur.
>
> Fortune l'a de nos veues fortraicte[1]
> Non sans regret de sa beauté parfaitte;
> Mais de deux biens fault prendre le meilleur.
> Si ne sera en oubly sa valeur,
> Car quelle part qu'elle aille ou qu'on la mette,
>   Le cueur la suyt.

Deux mots ajoutés au premier refrain ou retranchés du second, nous aurons là propre-

[1] Soustraite.

2.

ment le Rondeau moderne. Ce dut être à peine quelques années après cette pièce que les refrains furent définitivement réglés. Ils l'étaient tout au moins sous le règne de Charles VIII. Les exemples qu'on trouve à partir de cette époque sont d'une constante régularité. André De la Vigne, Octavien de Saint-Gelais, Guillaume Crétin, Jean Marot, un peu plus tard Gringore [1], Roger de Collerye nous en fourniraient un grand nombre. Celui qu'on va lire est du père de Clément Marot :

Au faict d'amour beau parler n'a plus lieu;
Car sans argent vous parlez en Hébreu,
Et feussiez-vous le plus beau filz du monde,

1 On attribue généralement à Gringore un curieux recueil de trois cent cinquante-trois rondeaux, imprimé en 1527 par maître Simon Du Bois. Dans ce recueil se trouve « la fleur et triumphe de cent et cinq rondeaulx contenans plusieurs menus propos que deux vrais amans ont eus naguères ensemble, depuis le commencement de leur amour jusques à la mort de la Dame. » Je ne connais pas ces cent cinq rondeaux, mais il est probable que ce sont les mêmes que M. Perrin, de Lyon, a réimprimés en 1863, sous ce titre : « *Cent cinq rondeaux d'amour*, publiés d'après un manuscrit du commencement du xvie siècle, par Edwin Tross. »

Il fault foncer ou je veux qu'on me tonde
Si vous mettez jamais pied à l'estrieu.

Beau dire avez : Dame, par la corbieu!
Je suis à vous corps et biens, rente et jeu ;
Sans dire : tiens, tout cela rien n'abonde,
Au faict d'amour.

Mais quoyque soit, si Gauthier ou Mathieu
Veut avancer, s'il ne frappe au milieu
De leur harnois, je veux qu'en enfer fonde ;
Car, en effet, soit noire, blanche ou blonde,
Il fault argent pour commencer le jeu,
Au faict d'amour.

Tel est le type définitif du genre : un dizain coupé par un tercet, le commencement du premier vers, et non plus le premier vers tout entier, répété comme chute après le tercet et à la fin de la pièce. C'est la forme en honneur dès les derniers jours du xvᵉ siècle, celle que les grammairiens appelèrent Rondeau double, et qui, détrônant ses devancières, devint plus tard absolument le Rondeau.

Nous voilà loin des huit vers du Triolet.

Treize vers sur deux rimes ne s'alignent pas
sans quelque effort, et les poëtes ont pu trouver plus d'une fois cette règle des deux rimes
un peu dure. Faut-il croire qu'il y en eut dès
lors qui tentèrent de s'en affranchir? Oui,
suivant La Bruyère, qui semble faire remonter
à cette époque deux pièces où cette règle est
violée. « Les anciens poëtes, dit aussi un
auteur du XVIII° siècle, Bruzen de La Martinière, prenaient de nouvelles rimes après le
premier refrain. » Par malheur, l'écrivain ne
cite, à l'appui de son assertion, que les deux
rondeaux que lui fournit La Bruyère : « *Bien
à propos s'en vint Ogier en France;... De
cettuy preux maint grand clerc ont écrit...* »
Or, dans ces deux rondeaux, le tour moderne
du style, l'absence complète d'hiatus, l'ar-
chaïsme outré de certaines expressions ne per-
mettent guère de voir autre chose qu'un
pastiche, et il ne serait pas impossible que
La Bruyère lui-même en fût l'auteur. Je ne
sais point ailleurs d'autres exemples de ce
changement de rimes. Qu'il n'y en ait aucun,

je n'en puis jurer. Il serait étrange, cependant,
qu'aux plus beaux jours de Molinet et de son
école, on eût reculé devant une difficulté de
versification. Les plus bizarres combinaisons
passaient alors pour œuvre d'art; les poëtes
se créaient à plaisir des obstacles. Que pouvait être pour de pareils jongleurs la règle des
treize vers sur deux rimes? Un jeu, moins
que rien. Que dis-je? Il y eut des raffinés qui
apparemment la trouvèrent trop douce; car
ce fut vers ce temps qu'on inventa le Rondeau
redoublé : vingt-quatre vers sur deux rimes,
en six stances; chaque vers de la première
stance reparaît à son tour comme dernier vers
d'une des quatre suivantes; les premiers mots
du premier vers terminent la sixième stance
et la pièce. Telle est la forme d'un poëme que
son nom et son refrain final rattachent seuls
à notre petit genre. Complications puériles et
sans autre but que le tour de force, répéti-
tions sans charme, ni pour l'esprit, ni pour
l'oreille, c'est tout ce qu'on peut dire de ce
rhythme justement oublié, dont le seul titre

est d'avoir été essayé, en un jour d'ennui, par La Fontaine. L'innovation, du reste, semble n'avoir jamais eu grand succès et ne saurait prétendre à la moindre place, même dans une histoire aussi humble que celle du Rondeau.

Revenons donc, sans plus, aux trois formes successives qui ont marqué le développement régulier et comme les étapes du genre. C'est seulement à cette époque (fin du xve siècle et commencement du xvie) qu'on les rencontre toutes trois employées tour à tour, et réunies chez les mêmes auteurs. Il ne faut pas croire, en effet, que la dernière venue, Rondeau double, ait tout d'abord ruiné les formes précédentes; le Triolet avait, il est vrai, beaucoup perdu de sa vogue; mais le Rondeau simple était encore en grand honneur. Tantôt on y gardait le rhythme exact de Charles d'Orléans; le plus souvent ce rhythme était modifié au refrain, qu'on accourcissait d'après la mode nouvelle. J'emprunte à Octavien de Saint-Gelais les exemples suivants de ces deux types du Rondeau simple :

TYPE ANCIEN.

Pour reverdir je l'ay plantée,
Ma Dame, car plus ne suy sien.
Raison pourquoy, je n'en dis rien :
Plus n'en seroit des gens chantée.

Puisque son cueur l'a exemtée
De n'avoir plus vouloir au mien,
Pour reverdir je l'ay plantée.

Si je l'ay loyaulment traictée
Et toujours pourchassé son bien,
Il ne faut pas dire combien ;
Mais puisqu'elle est si affaitée,
Pour reverdir je l'ay plantée.

TYPE NOUVEAU.

Je serviray selon qu'on me payera
Et me mettray du tout à mon devoir ;
Mais si ma Dame refuse de me voir,
Incontinent la première m'aura.

Et puis en parle qui parler en saura.
Selon le bien que je pourray avoir,
　　Je serviray.

Maudict soit-il qui aultrement fera,
Ni qui jamais aura aultre vouloir ;
Car quant de moy, à chascun fay sçavoir
Que tout ainsi que l'on me traictera
　　Je serviray.

Comme Saint-Gelais, la plupart des poëtes de la fin du xve siècle et des premières années du xvie pratiquèrent, en même temps que le Rondeau double, le Rondeau simple sous l'une ou l'autre de ses deux formes. Voici, de Clément Marot, un exemple où toutes deux sont réunies dans une seule pièce :

Qu'on mène aux champs ce coquardeau,
Lequel gâte, quand il compose,
Raison, mesure, texte et glose,
Soit en ballade ou en rondeau.

Il n'a ni cervelle ni cerveau.
C'est pourquoy si haut crier j'ose :
Qu'on mène aux champs ce coquardeau !

S'il veut rien faire de nouveau,
Qu'il œuvre hardiment en prose
(J'entends s'il en sçait quelque chose);
Car en rime, ce n'est qu'un veau
Qu'on mène aux champs.

On a remarqué le premier refrain à la manière de Charles d'Orléans, et le deuxième à la manière moderne. Ici, en outre, comme dans la pièce qu'on a lue plus haut, de Henri Baude, il faut noter une innovation importante : non-seulement le refrain est raccourci, mais l'intention de ce refrain n'est plus la même; les mots répétés prennent des sens divers. La modulation ramène toujours le motif, mais chaque fois dans un ton différent. C'est une finesse de plus, un charme de plus pour les subtils, et ce raffinement est resté presque une règle du genre, tel que nous l'entendons aujourd'hui.

La critique de notre temps a justement relevé l'erreur de Boileau, qui loue Clément Marot d'avoir, le premier,

A des refrains reglés asservi le Rondeau.

3

On l'a vu par ce qui précède, ce fut avant
Marot que les refrains du Rondeau furent
réglés; longtemps avant lui la forme moderne,
dite Rondeau double, fut en usage. Bien plus,
de son temps même la grande ferveur était
passée. « Et de faict, dit Thomas Sibilet,
dans l'*Art Poétique* qu'il publia en 1548,
tu lis peu de rondeaux de Saint-Gelais (Mellin), Scève, Salel, Heroët, et ceux de Marot
sont plus exercices de jeunesse, fondez sur
l'imitation de son père, qu'œuvres de telle
estofe que sont ceux de son grand aage; par la
maturité duquel tu trouveras peu de rondeaux dans son jardin. »

Si l'on excepte la pièce célèbre : « *Au bon
vieux temps…,* » à laquelle Victor Brodeau
répondit sur le même refrain, la plupart des
rondeaux de Marot méritent peu leur réputation et ne s'élèvent guère au-dessus du médiocre. Celui qui suit est à peu près le seul
qu'on puisse dire charmant de tout point :

Là me tiendray où à présent me tien;

Car ma maîtresse au plaisant entretien
M'aime d'un cueur tant bon et désirable,
Qu'on me devroit appeler misérable
Si mon vouloir estoit autre que sien.

Et feut-ce Hélène au gracieux maintien
Qui me vinst dire : Amy, fay mon cueur tien,
Je respondrois, point ne seray muable,
       Là me tiendray.

Qu'un chacun donc voise chercher son bien ;
Quant est de moy, je me treuve très-bien :
J'ay dame belle, exquise et honorable ;
Parquoy, feussé-je onze mille ans durable,
Au dieu d'amour ne demanderay rien :
       Là me tiendray.

Ce qu'avait Marot de plus que ses devanciers, c'était, il est vrai, la vivacité du tour, mais surtout une langue différant peu de la nôtre. De là, l'oubli où les rondeaux anciens tombèrent au profit de ceux de maître Clément.

Le genre, d'ailleurs, ne lui survécut guère et ne dépassa pas, au moins dans les œuvres

qui donnaient le ton, la première moitié du
xvie siècle. La plupart des poëtes de cette première moitié, Jean Bouchet, Victor Brodeau,
Pierre Grognet, Charles de Saincte-Marthe,
Eustorge de Beaulieu, rimèrent encore bon
nombre de rondeaux. Le chef de l'école après
Marot, Mellin de Saint-Gelais, dernier repré-
sentant de la vieille poétique gauloise, la défendit avec vigueur contre l'invasion gréco-
romaine de Ronsard, et « sa tenaille pinça »
plus d'une fois le réformateur triomphant.
Mais les envahisseurs furent sans pitié. Leur
premier manifeste, l'*Illustration de la Langue
françoise*, publié en 1550 par Du Bellay,
renvoya d'un seul trait « aux Jeux Floraux
de Toulouze et au Puy de Rouen, » autant
dire chez les Barbares, « toutes ces vieilles
poësies françoises, comme : Rondeaux, Ballades, Virelais, Chans royaux, Chansons et
autres telles épiceries, qui corrompent le
goust de nostre langue et ne servent sinon à
porter tesmoignage de nostre ignorance. »
Vingt-cinq ans plus tard, Vauquelin de La

Fresnaye consacrait, dans son *Art poétique*, l'arrêt sévère rendu par son devancier :

Et des vieux Chants Roïaux décharge le fardeau,
Ote-moy la Ballade, ôte-moy le Rondeau.

Enfin, Colletet nous apprend, aux dernières pages de son traité du Sonnet, que « dans la réformation qui fut faite du Palinod de Rouen, suivant le pouvoir qu'en eurent les Princes et les Confrères, par la bulle du pape Léon X, donnée à Rome, le 24 mars 1520, et confirmée par arrest du Parlement de Normandie, le 18 janvier 1597, il fut dit et arresté, par l'article 33, que désormais le Sonnet succéderoit à la composition ancienne nommée le Rondeau, qui commença dès lors à n'estre plus en usage sur le Puy de Rouen. » Même sur le Puy de Rouen ! C'était le dernier coup. Du Bellay, Vauquelin, et ce troisième ennemi, c'en était trop pour notre pauvre petit poëme. Que vouliez-vous qu'il fît contre trois ?...

Il mourut donc, et si bien que, le 8 janvier

3.

1638, Voiture pouvait écrire à M. de Jonquière : « Je ne sçais si vous sçavez ce que c'est
que de rondeaux. J'en ai fait depuis peu trois
ou quatre qui ont mis les beaux-esprits en
fantaisie d'en faire. C'est un genre d'écrire
qui est propre à la raillerie... etc... » D'après
la date et les termes de la lettre, ce serait vers
1637 qu'aurait eu lieu cette résurrection
du Rondeau.

« Voiture, dit quelque part M. Sainte-
Beuve, a cela d'original comme poëte qu'il
rompt la lignée majestueuse de Malherbe
(il serait plus juste de dire Ronsard) et
s'en revient au xvie siècle, au premier
xvie siècle, à celui des Marot, des Brodeau.
Entre l'ode élevée et le genre burlesque alors
en vogue, il tient sa route aisée et il continue en France la poésie véritablement
légère. »

On a cru voir dans l'école de Ronsard—Ronsard le premier s'y est trompé — un groupe
aristocratique, ne s'adressant qu'à un petit
nombre d'initiés. Et dans ce mot : Ecole de

Ronsard, je comprends Malherbe lui-même,
car, à mon sens, Malherbe n'est qu'un élève
qui, une fois instruit, découvre et corrige les
fautes du maître. Est-ce bien aristocratique
qu'il fallait nommer cette école dont le méti-
culeux Normand se crut l'adversaire et ne fut
que le régulateur? Où tendirent Ronsard et
Malherbe? A la grande poésie. Or, qui dit
grande poésie, dit, par cela même, poésie populaire. Le peuple n'entend rien aux légèretés,
au papillotage des petits genres; Molière lui
va mieux que Marivaux; la préciosité n'est
pas son affaire. Tous ces petits poëmes que
Boileau appelle gaulois, si maniérés, si subtils, dont le charme n'est que demi-mots et
sous-entendus, semblent créés, à bien voir,
pour la cour d'un François Ier ou la société
d'une Rambouillet. Froissard, Charles d'Orléans, Marot, Voiture, princes, courtisans,
hommes de cercles et de ruelles, voilà les
maîtres du Rondeau. Ronsard ne fut autre
chose, malgré son dédain pour le vulgaire,
qu'un vulgarisateur de la poésie. Les vrais

aristocrates furent ceux qui restèrent fidèles
aux mièvreries alambiquées proscrites par la
Pléiade, à ces finesses prétendues naïves qu'il
faut trop d'esprit pour comprendre.

Des trois formes du Rondeau, Voiture n'en
reprit qu'une, la seule qu'il connût peut-être,
la plus moderne, le Rondeau doublé. La
deuxième (Rondeau simple) demeura pour
jamais dans l'oubli. Quant au Triolet, il eut
sa renaissance à part; nul dès lors ne se sou-
venait que l'humble huitain fût un chef de
race. Depuis ce temps, lorsqu'on dit Rondeau, entendez toujours Rondeau double. Ce
fut lui désormais qui porta seul le nom: l'espèce remplaça et fit oublier le genre. On sait
la pièce célèbre où le rénovateur donna à la
fois la règle et l'exemple:

Ma foi! c'est fait de moi, car Isabeau
M'a conjuré de lui faire un rondeau;
Cela me met en une peine extrême.
Quoi! treize vers, huit en eau, cinq en ême!
Je lui ferais aussitôt un bateau.

En voilà cinq pourtant en un monceau.
Faisons-en huit en invoquant Brodeau,
Et puis mettons par quelque stratagème :
    Ma foi ! c'est fait.

Si je pouvais encor de mon cerveau
Tirer cinq vers, l'ouvrage serait beau.
Mais cependant je suis dedans l'onzième,
Et ci je crois que je fais le douzième ;
En voilà treize ajustés au niveau :
    Ma foi ! c'est fait.

« Voiture, dit M. Théodore de Banville [1], a été le roi et le maître du Rondeau. En ce petit poëme, si vif, si léger, si rapide et sémillant d'allure, si net en même temps et si incisif, personne ne l'a surpassé ni égalé. Là est son triomphe absolu. Il a su amener et rattacher le refrain avec un art indicible. *Un buveur d'eau, Ma foi, Le Soleil, Pour vos beaux yeux, Un petit, Dans la prison, En bon français*, sont des modèles qu'il faut relire et étu-

[1] *Les Poëtes Français*, recueil publié sous la direction de M. Eug. Crépet, t. II, article *Voiture*.

dier encore, si l'on veut ressusciter le Rondeau, ce joli poëme né gaulois, qui vaudra peut-être le Sonnet le jour où il aura trouvé son Pétrarque. »

Je ne m'arrête point à discuter les derniers mots de la citation. Il est probable que le Rondeau n'ira jamais plus haut qu'on ne l'a vu. Un Pétrarque ! A quoi bon ? Il perdrait sa peine : la structure même du poëme l'empêche de rien prétendre au delà du joli.

Quoi qu'il en soit des destinées du genre, est-il bien juste de dire que Voiture y est seul roi, seul maître ? N'a-t-il vraiment aucun rival qui puisse venir au partage, qui soit aussi un maître, qui ramène et rattache le refrain avec autant d'art que lui ? N'oublions personne. Ce rival existe, moins connu, il est vrai, mais non moins habile. Nous le trouvons au temps même de Voiture, à ses côtés, dans la Chambre bleue d'Arthénice. C'est Malleville. Les rondeaux de Malleville égalent au moins ceux de son célèbre contemporain. *Vous l'avez fait, Je ne dis pas, D'une autre* fleur, *Petit amour, On lui fait faire plus de traits, Pleurer, Au mois de mai*, sont autant de chefs-d'œuvre du genre. Je regrette de ne les pouvoir citer : la plupart sont un peu trop gaulois. En voici un, moins vif, qui peut donner une idée du bonheur de forme et de la malice de l'auteur :

Du nez il n'est rien que n'atteigne
Ce galant au teint de châtaigne.
Il en a seul autant que trois,
Et jamais sous le roi François
Un si beau nez ne fut en règne.

Il ne fait vers, quoiqu'il contraigne
Sa muse rétive et brehaigne,
Que ceux qu'on lui tire parfois
  Du nez.

Enfin, pour dernier coup de peigne,
Il ne marche que sous l'enseigne
Des gens ou caduques ou froids;
Car, s'il est besoin en un mois
Qu'il coure dans la lice, il saigne
  Du nez.

C'est encore de Malleville qu'est le fameux rondeau sur l'abbé de Bois-Robert, protégé, comme on sait, du cardinal de Richelieu :

Coiffé d'un froc bien raffiné
Et revêtu d'un doyenné
Qui lui rapporte de quoi frire,
Frère René devient Messire
Et vit comme un déterminé.

Un prélat riche et fortuné,
Sous un bonnet enluminé,
En est, s'il le faut ainsi dire,
      Coiffé.

Ce n'est pas que frère René
D'aucun mérite soit orné,
Qu'il soit docte, qu'il sache écrire,
Ni qu'il dise le mot pour rire ;
Mais seulement c'est qu'il est né
      Coiffé.

Ces citations, forcément incomplètes, nous montrent seulement le côté malin, épigrammatique du talent de Malleville ; une étude spéciale en devrait faire ressortir le côté tendre et galant. Ses sonnets réussirent non moins que ses rondeaux, et lui valurent l'honneur d'être nommé au deuxième chant de l'*Art poétique*. Celui de la *Belle matineuse*, en particulier, passa longtemps pour un des meilleurs qu'on eût en français. Dans la *Guirlande de Julie*, ce curieux présent de Montausier à mademoiselle de Rambouillet, Malleville figure pour neuf madrigaux.

Tout ce commencement du xvııe siècle fut bien le vrai temps des petits genres. Pour plaire aux femmes la poésie minaudait; rondeaux, sonnets, ballades, madrigaux, bouts-rimés les célébraient sur tous les tons. Chaque salon se réglant sur l'hôtel à la mode, on vit partout fêtés les Trissotins et les Vadius. En dehors de ce cercle envié où Malleville, Benserade, Chapelain, Godeau, Huet, Gombault, Ménage, Scudéry et sa sœur rivalisaient avec Voiture pour amuser la grande marquise , Adam Billaud , Saint-Pavin , Montreuil, d'autres plus obscurs , Chevalier, Floriot,

4

Frénicle, inondèrent de rondeaux la cour et
la ville. Il y a même deux spécimens du genre
parmi les œuvres du grand Corneille. On sait
la ridicule entreprise de Benserade qui publia,
en 1676, les *Métamorphoses d'Ovide mises
en rondeaux*. L'idée venait du roi, dit-on.
Absolvons l'auteur. Il ne fit qu'obéir, —
c'était le grand mérite en ce temps-là, — et
il obéit du mieux qu'il put. La pièce suivante
me semble une des meilleures de l'étrange
recueil :

MÉTAMORPHOSE DE NEPTUNE EN VEAU.

*D'un jeune veau qu'on mène au marché vendre
Neptune prit la forme douce et tendre.
Une beauté, non pas sans en rougir,
A le voir paître et l'entendre mugir,
Vint à l'aimer et ne put s'en défendre.*

*D'âge, ce semble, à ne rien entreprendre,
On le voyait auprès d'elle s'étendre
Avec un air et des façons d'agir
     D'un jeune veau.*

Elle, emportée et lasse de l'attendre,
A son cou blanc ne cesse de se pendre.
Déja son dos commence à s'élargir;
Au port d'Europe elle voudrait surgir.
N'en voit-on pas d'autres qu'elle se prendre
   D'un jeune veau?

Il faut rendre justice aux contemporains du poëte : son œuvre n'eut aucun succès. Chapelle nous a laissé, dans le rondeau suivant, un joli témoignage de cette chute ridicule :

A la fontaine où l'on puise cette eau
Qui fait rimer et Racine et Boileau
Je ne bois point, ou bien je ne bois guère;
Dans un besoin, si j'en avais affaire,
J'en boirais moins que ne fait un moineau.

Je tirerais pourtant de mon cerveau
Plus aisément, s'il le faut, un rondeau,
Que je n'avale un plein verre d'eau claire
   A la fontaine.

De ces rondeaux un livre tout nouveau
A bien des gens n'a pas eu l'heur de plaire;

Mais quant à moi, j'en trouve tout fort beau,
Papier, dorure, images, caractère,
Hormis les vers, qu'il fallait laisser faire
            A La Fontaine.

Je doute que La Fontaine eût voulu s'en charger. Il y avait seize ans déjà que Molière avait ridiculisé le marquis de Mascarille mettant en madrigaux toute l'histoire romaine, et depuis quatre ans on riait, au théâtre, des petits rondeaux de Vadius. Le grand tort du recueil de Benserade fut de venir après les satires de Boileau, après les *Précieuses ridicules* et les *Femmes savantes*, du grand comique. C'était retarder. Un rondeau de Chaulieu nous montre, en effet, vers cette époque, 1676, le genre singulièrement tombé, passant de mode une fois encore. L'abus avait fini par détourner de l'usage :

Pour des rondeaux, chant royal et ballade,
Le temps n'est plus ; avec la vertugade
On a perdu la veine de Clément.
C'était un maître ; il riait aisément ;
Point ne donnait à ses vers l'estrapade.

Il ne faut point de brillante tirade,
De jeu de mots, ni d'équivoque fade,
Mais un facile et simple arrangement
    Pour des rondeaux.

Cela posé, notre ami Benserade
N'eût-il pas fait beaucoup plus sagement
De s'en tenir à la pantalonnade,
Que de donner au public hardiment
Maint quolibet, mainte turlupinade
    Pour des rondeaux ?

Chaulieu avait raison : le temps n'était plus, le temps ne pouvait plus être. Les grands poëtes du siècle avaient ruiné les petits. Le moyen de penser à Voiture, quand on a devant soi Corneille, Racine, Molière! Ce n'est pas que le Rondeau n'eût encore ses fidèles. Le père Commire, Regnier-Desmarets, Hamilton, La Monnoye, Du Fresny, le marquis de Sainte - Aulaire le cultivaient comme aux plus beaux jours ; la tendre Des Houlières nous en a laissé quelques-uns d'un style qui, par parenthèse, n'est rien moins que délicat. Mais, on peut le dire avec

Chaulieu, la vogue était vraiment passée ; le
genre allait déclinant peu à peu. Dès le début
du xviii siècle, il a presque complétement
disparu.

« Benserade et Voiture, dit quelque part
l'abbé Prévost, ont écrit pour la bonne compagnie de leur temps ; celle d'aujourd'hui ne
goûte guère leurs ouvrages. Écrire pour la
bonne compagnie n'est autre chose que suivre le goût à la mode, tel qu'il est, bon ou
mauvais. » C'est ce qui explique pourquoi
Gresset, Bernis, Gentil-Bernard, poëtes des
salons d'alors, délaissèrent le genre qui nous
occupe. Le grand poëte léger, Voltaire, né au
temps où l'on était las du moribond, n'eut
garde de le ressusciter une fois mort ; et Boufflers et Dorat, dans leurs « grâces négligées, »
durent se priver sans peine d'un rhythme aussi
laborieux. Notez qu'il en fut de même de la
Ballade, du Sonnet et des autres poëmes « à
rigoureuses lois. » Le siècle précédent avait,
pour plus de pompe, laissé flotter les plis du
manteau. Ce vague des plis flottants fut de

règle après lui. La noblesse avant tout ; soyez ingénieux, si vous pouvez; mais gardez-vous d'accuser trop le contour.

La vieille liberté par Voltaire laissée

est une conséquence de ce dédain très-justement professé par les grands poëtes du temps de Louis XIV pour les formes minutieuses, si utiles au rimeur vulgaire, mais dont le génie peut et doit s'affranchir. Les génies disparus, la tradition resta, et la médiocrité, sans le frein salutaire de la précision du style et des rhythmes, n'eut pas même, à défaut de l'étincelle sacrée, l'habileté de main, le savoir-faire des médiocrités d'autrefois. Nous l'en jugeons aujourd'hui d'autant plus médiocre.

Pour des rondeaux, en particulier, c'est à peine si, dans ce siècle de la *poésie fugitive*, on en peut rencontrer quelques-uns, dispersés dans les œuvres de Gacon, de Piron, ou dans l'*Almanach des Muses*. Le suivant m'a paru joli ; il est d'Imbert le fabuliste :

A MADAME DE ***

POUR LE JOUR DE SA FÊTE.

Sans qu'on vous donne, adorable Glycère,
Riches bouquets, on peut rendre tout bas
A vos attraits un hommage sincère:
J'offre une fleur, ne la dédaignez pas;
Si n'est assez, que puis-je pour vous plaire?

Donner des vers? Je n'ai que du fatras.
Donner de l'or? Je n'en possède guère;
Puis, je vous crois assez riche ici-bas
*   Sans qu'on vous donne.*

Donner des cœurs, c'est le style ordinaire :
Un cœur donné nous tire d'embarras.
Mais reste-t-il, où brillent vos appas,
Cœurs à donner? Non, non, on a beau faire,
Et vous prenez toujours, en pareil cas,
*   Sans qu'on vous donne.*

Ainsi, lentement et jetant encore quelques lueurs çà et là, le poëme né gaulois rentra une seconde fois dans l'ombre. A la fin du

siècle sa trace est partout effacée, et c'est vainement qu'on la chercherait dans l'histoire
littéraire du premier Empire. De nos jours, où
la plupart des vieux rhythmes ont eu leur
renaissance, où le Sonnet compte plus d'un
Pétrarque, suivant le mot de M. de Banville, le Rondeau, moins heureux, n'a été que
rarement tiré de l'oubli. On sait ceux de
Musset; ce n'est pas là sa gloire. Joseph
Delorme a une pièce à refrain qu'il intitule
modestement Rondeau ; mais c'est plutôt
une délicieuse romance ; le poëte s'est laissé
emporter bien au delà du cadre que son titre
annonce. Plus récemment, nos beaux-esprits
ont tenté de relever le genre. S'ils y réus-
sissent, vous l'allez juger :

AU THÉATRE DE LA PORTE-SAINT-MARTIN.

Séjour fatal à la grammaire,
Mais où fleurit l'art du décor,
Doux pays où l'on pleure encor
Aux seuls mots : la croix de ma mère !

Où (le cœur est un grand mystère!)
On a vu sangloter Mondor,
Où, dépouillant son masque austère,
Clio passe avec Terpsichor
      Ses jours!

En toi tout est charmant. D'accord
Et ton Agar au parler d'or,
Et Dumaine, ton beau corsaire,
Et tes pas de toréador,
Tout, fors la prose de Victor
      Séjour.

Cette pièce funambulesque est imprimée tout au long dans la *Revue de Paris,* du 4 décembre 1864. Qui en est l'auteur? Je l'ignore; mais on peut croire que ce n'est pas lui qui sera le Pétrarque du Rondeau.

DU TRIOLET

DU TRIOLET

A mon ami Ernest Chatonet.

L'histoire du Triolet complète celle du Rondeau. Ce n'en est, à vrai dire, qu'un chapitre. On a vu, dans les pages qui précèdent, qu'à partir du xiiie siècle la chanson, jusqu'alors demeurée libre et sans lois précises, fut désormais soumise par la plupart des poëtes à certains rhythmes rigoureusement réglés, parmi lesquels celui qu'on appela *Rondel* : huit vers sur deux rimes, le premier répété après le troisième, et formant refrain avec le second pour terminer la pièce :

5

Bietris est mes délis,
Mes confors et ma joie.
Ou que soie toudis,
Bietris est mes délis;
U point que me sens pis
Et que vivre m'anoie,
Bietris est mes délis,
Mes confors et ma joie.

C'est ce rhythme chantant du Rondeau primitif qui, remplacé en tant que Rondeau par d'autres rhythmes, a survécu et duré jusqu'à nous dans les petits poëmes qu'on nomme Triolets.

« Ce nom, dit Saint-Amant, [1] leur a esté donné, à ce que je pense, tant à cause qu'ils se chantoient à trois à la manière des vieux trios de nostre scène comique qu'à cause du vers qui s'y repette par trois fois et des trois rimes qui en composent le milieu. »

Saint-Amant ne dit pas quand fut donné le nom. Mais il est bien probable qu'aussi longtemps que le gracieux huitain fut la

[1] Préface des *Nobles Triolets.*

seule forme appelée Rondeau, on n'eut pas
l'idée de le désigner autrement. Les poëtes
du xive siècle, Machault, Froissart, l'auteur de l'exemple qu'on vient de lire, Jehannot de Lescurel, n'ont pas d'autre titre pour
leurs charmantes petites pièces. C'est là proprement la première période de l'histoire du
Triolet. On a la chose sans le mot.

Au xve siècle, après la création des deux
formes nouvelles, l'ancien Rondeau n'est plus
qu'une des espèces du genre ; il prend, comme
les deux autres, un nom particulier : Triolet,
le *Rondeau-Triolet*. C'est la deuxième période, assez peu brillante, il faut l'avouer.
Des trois formes du Rondeau, la moins neuve
eut, comme de raison, le moins de vogue.
Quelques poëtes l'employèrent encore, parmi
lesquels Jean Regnier, Octavien de Saint-
Gelais, André de la Vigne au xve siècle, au
seizième, Michel d'Amboise, Sagon, etc.....
Mais il devient de plus en plus visible que
l'espèce va de nouveau être un genre à part ;
de plus en plus le Triolet tourne au satirique,

au burlesque. «Sera assez de t'aviser, dit en
1548 Thomas Sibilet, que le Triolet se fait
mieux de vers de huit syllabes ou moindres
à cause de sa facétie et légèreté, et que tu ne
le trouveras guère hors des farces et moralités des Picars, qui en sont autheurs et usur-
pateurs.» Et plus loin : «Toute telle différence y a-t-il entre le Chant-Royal et la
Balade comme entre le Rondeau et le Triolet; ,
car le chant royal n'est autre chose qu'une
balade surmontant la balade commune en
nombre de couplets et en gravité de charac-
tère. » Le triolet que cite l'écrivain est, en
effet, du caractère le moins grave. On comprend qu'ainsi dégradé le petit poëme ait
désormais sa place naturelle dans les farces
et moralités des Picards. Vainement des
poëtes d'un ton plus relevé l'ont-ils voulu
maintenir dans sa gentillesse première : sa
déchéance, dès lors, est un fait accompli. Je
cite d'avant la chute ces deux jolies pièces
d'André de la Vigne :

Vous qui estes à ceste porte,
Comment estes-vous cy seulette ?
Or, qu'ung petit on se déporte,
Vous qui estes à ceste porte.
S'il vous plaist, ung baiser j'apporte :
Tendez ung petit la bouchette.
Vous qui estes à ceste porte,
Comment estes-vous cy seulette ?

—

Ce n'est pas jeu que d'aimer par amours ;
A mes despens l'ay expérimenté,
Pour en souffrir mille maulx tous les jours :
Ce n'est pas jeu que d'aimer par amours.
Et néantmoins qu'on en parle toujours,
Tant en yver comme en plaisant esté,
Ce n'est pas jeu que d'aimer par amours ;
A mes despens l'ay expérimenté.

Chose bonne à signaler : Marot, quoi qu'en dise Boileau, n'a pas « tourné de triolets ». Je rappelle les vers de l'*Art Poétique :*

Marot, bientôt après, fit fleurir les ballades,
Tourna des triolets, rima des mascarades,
A des refrains reglés asservit les rondeaux,
Et montra pour rimer des chemins tout nouveaux.

5.

On sait déjà que l'historien se trompe en ce qui regarde les refrains du Rondeau. Pour s'assurer de l'erreur nouvelle, il suffit d'ouvrir les œuvres de Marot : pas un seul triolet n'y figure. Je n'ai vu, cependant, nulle part relevé le *lapsus* de Boileau. Sans doute le peu d'importance du sujet lui a valu ce dédain des érudits.

Quoi qu'il en soit et à supposer même que Marot fût vraiment le créateur, le législateur dont parle l'*Art Poétique*, il faudrait reconnaître que ses créations et ses lois durèrent peu ; car il mourut en 1545, à quarante-neuf ans, c'est-à-dire dans la force de l'âge, et ce fut seulement cinq ans après sa mort qu'une révolution radicale s'opéra dans notre poésie. 1550 est la date funèbre de tous ces petits genres vieillis, lai, virelai, coq-à-l'âne, ballade et chant-royal, triolet et rondeau ; 1550 est comme la barrière qui sépare la poésie gauloise de la poésie française ; on est en deçà ou au delà ; il n'y a pas transition, mais changement brusque : toute l'ancienne poétique disparaît d'un seul coup et fait place aux imitations latines et grecques qui sont le fond de notre littérature classique. L'événement fut-il heureux ou malheureux ? je n'ai pas à le rechercher ici. C'est simplement un fait que je constate une fois de plus. A peine voit-on la distance entre Villon et Mellin de Saint-Gelais, qu'un demi-siècle pourtant sépare ; quelle énorme distance, au contraire, entre ces deux noms contemporains, Mellin de Saint-Gelais et Ronsard !

L'avénement de Ronsard et de la Pléiade clôt la seconde période, celle où le Triolet n'est qu'une des trois espèces du genre Rondeau. S'il disparut aussi complétement que les deux autres, je ne saurais le dire avec certitude. Peut-être, par l'obscurité même où il était tombé dès lors, résista-t-il mieux que les formes plus en lumière, et, exclu seulement de la poétique des lettrés [1], survécut-il chez les Picards et leurs successeurs. C'est ce

---

[1] Il n'y a pas un seul triolet dans la *Satyre Ménippée*.

qu'il est permis de croire, difficile d'assurer.
Toujours est-il que, lorsqu'au temps de la
Fronde, « qu'on imprimoit tout », dit Tallemant, le Triolet reparaît de nouveau dans
la littérature écrite, les doctes mêmes n'ont
plus la moindre notion de son origine, tout
lien de famille est rompu entre lui et le Rondeau, son descendant. *Du Rondeau et de ses
différences,* tel est le titre que Sibilet donne
encore au chapitre où il nous montre le Triolet déjà si déchu. Désormais, Saint-Amant,
Colletet, Boileau, tous ceux qui peu ou prou
ont à parler du petit poëme, le considèrent
comme un genre à part, ayant son tour, ses
sujets bien à lui. « On pourrait, dit en 1720
Bruzen de la Martinière, ranger sous l'espèce
du Rondeau les triolets, dont la beauté consiste dans la répétition. » Le critique voit la
ressemblance. Quelle en est la cause? il
l'ignore. Source commune, nom générique,
tout souvenir en est définitivement perdu.
Nous sommes en plein dans la troisième
période.

Ce fut la plus brillante, au moins par le rôle que le Triolet y joua dès l'abord. Ce petit Triolet qui, après avoir sonné les chevaleresques amours du xive siècle, était tombé, au xvie, dans la gaudriole la plus énergiquement gauloise, y avait puisé, pourrait-on dire, une vigueur d'expression, une promptitude de trait dont on allait faire bon usage. Il sortait de sa bourbe mieux affilé, plus souple, retrempé en un mot, prêt à mêler toutes ses hardiesses nouvelles à toute la grâce des anciens jours. Aussi, quelle fut sa vogue! Anecdotes et mémoires nous en ont gardé mille témoignages. La Fronde et Mazarin ne vont pas, dans l'histoire, sans leur cortége de triolets. Saint-Amant, Bachaumont, Scarron, Blot, Marigny, Bautru, le prêtre Jean Duval, le grand Condé lui-même et combien d'autres prirent tour à tour leur part de cette guerre à coups d'épingle! Tout se chantait, tout s'imprimait, tout faisait brochure. C'étaient les *Triolets du temps selon les visions d'un petit-fils de Nostradamus*, 11 pa-

ges in-4, attribués à Jean Duval, chapelain
du collége de Séez, avec la collaboration de
Mailly et du cardinal de Retz;

les *Triolets de Saint-Germain*, 8 pages,
par Bauchaumont, le prince de Condé, Marigny, Bautru, etc. ;

les *Triolets de Mazarin sur le sujet de
sa fuite*, avec le *Caresme de Mazarin, ou la
suite des Triolets*, 16 pages ;

les *Triolets sur la Conférence tenue à
Ruel*, 12 p.;

les *Triolets sur le désir que les Parisiens
ont de revoir le Roy*, 8 p.;

les *Triolets nouveaux sur la paix, faicts
dans la Pomme de Pin, pour le retour du
Roy à Paris*, 11 p.;

les *Triolets Royaux, présentés à Leurs
Majestés à leur retour à Paris*, 16 pages
avec la suite.

Mais comment tout citer? comment compter tous ces couplets malins qui, chaque jour,
sortaient des boutiques du Palais et de la rue
Saint-Jacques, « comme une nuée de cou-

sins et de sauterelles » [1] ? J'ajouterais, sans que la liste fût encore complète, les *Triolets de la Cour*, 1649, 10 pages ; les *Triolets sur le tombeau de la Galanterie et sur la réforme générale*, 24 p. ; les *Triolets sur la France Métamorphosée*, 6 p. ; et les *Nobles Triolets* de Saint - Amant , et les *Triolets d'Apollon et des neuf Muses*, et les *Triolets prophétiques sur la naissance du prince*, *duc de Valois*. C'est un fonds presque inépuisable.

Parmi tous ces triolettistes, le plus célèbre, celui dont les refrains figurent dans la plupart des recueils anthologiques, est Jacques Carpentier de Marigny, le gros Marigny, comme on l'appelait, ami de Blot et de Saint-Amant, protégé d'abord du Cardinal de Retz, puis du prince de Condé. Il avait cru bon d'entrer dans les ordres ; c'était un abbé, un prêtre,

---

[1] Gabriel Naudé. *Jugement de tout ce qui a été imprimé contre le cardinal Mazarin, depuis le 6 janvier jusqu'à la déclaration du 1er avril* 1649. C'est l'ouvrage qu'on appelle vulgairement *Mascurat*, du nom du principal personnage du dialogue.

ni plus ni moins que Jean Duval. Mais, s'il
avait quelque vertu, ce n'était pas celle de la
reconnaissance, à en juger par les vers suivants, qu'il publia contre son ancien protecteur :

Monsieur notre coadjuteur
Vend sa crosse pour une fronde.
Il est vaillant et bon pasteur,
Monsieur notre coadjuteur.
Sachant qu'autrefois un frondeur
Devint le plus grand roi du monde,
Monsieur notre coadjuteur
Vend sa crosse pour une fronde.

Monsieur notre coadjuteur
Veut avoir part au ministère.
On dit qu'il est fourbe et menteur,
Monsieur notre coadjuteur.
Le petit frère avec la sœur
Seront fourbes, c'est chose claire.
Monsieur notre coadjuteur
Veut avoir part au ministère.

Monsieur notre coaajuteur
Est à la tête des cohortes.
Comme un lion il a du cœur,
Monsieur notre coadjuteur.

En sortant, il entre en fureur ;
Mais s'il faut regarder les portes,
Monsieur notre coadjuteur
Est à la tête des cohortes.

Corinthien, c'est trop de chaleur,
Vous avez l'esprit trop alerte.
Un chapeau de rouge couleur !
Corinthien, c'est trop de chaleur.
Quand vous ne seriez pas pasteur,
Il en faudrait de couleur verte,
Corinthien, c'est trop de chaleur,
Vous avez l'esprit trop alerte..., etc...

On retrouve le second et le dernier de ces couplets dans les *Triolets de Saint-Germain.* S'il faut en croire tous ces faiseurs de chansons, Monsieur le Coadjuteur n'était pas le seul qui fût d'ordinaire le premier quand il fallait « regarder les portes. » Dans ce même cahier des *Triolets de Saint-Germain*, Bachaumont raille ainsi le comte de Maure :

Je suis d'avis de batailler,
A dit le grand comte de Maure.
Il n'est plus saison de railler ;
Je suis d'avis de batailler.

6

Il les faut en pièces tailler
Et les traiter de Turc à More.
Je suis d'avis de batailler,
A dit le grand comte de Maure.

Buffle à manches de velours noir
Porte le grand comte de Maure.
Sur ce guerrier il fait beau voir
Buffle à manches de velours noir.
Condé, rentre dans ton devoir,
Si tu ne veux qu'il te dévore.
Buffle à manches de velours noir
Porte le grand comte de Maure.

A quoi, dit Tallemant, Monsieur le Prince
répondit :

C'est un tigre affamé de sang
Que ce brave comte de Maure.
Quand il combat au premier rang,
C'est un tigre affamé de sang.
Il ne s'y trouve pas souvent ;
C'est pourquoi Condé vit encore.
C'est un tigre affamé de sang
Que ce brave comte de Maure.

Jolis jeux que ces jeux de prince. Mais de
Condé ou du comte de Maure il est probable

que le bon peuple se souciait assez peu. C'était
lui, en fin de compte, qui souffrait le plus de
ces querelles. Le blocus, la famine, tout re-
tombait sur lui. Le pain était à un prix fabu-
leux ; Saint-Amant nous l'apprend dans ses
Nobles Triolets :

> *Un pain qui coûte deux écus!*
> *Ah! ma foi! c'est un mauvais orare.*
> *La peste crêve le Blocus!*
> *Un pain qui coûte deux écus!*
> *Récompensons-nous sur Bacchus,*
> *Puisqu'à Cérè on n'ose mordre.*
> *Un pain qui coûte deux écus!*
> *Ah! ma foi! c'est un mauvais ordre.*

Aussi les chansons de ceux sur le dos des-
quels on se battait avaient-elles en général un ton plus amer. Le refrain chez eux
devenait murmure :

> *Le bien est chez les partisans,*
> *Et chez le peuple l'indigence.*
> *Tous Français en sont déplaisants :*
> *Le bien est chez les partisans.*

Etait-ce là cet heureux temps
Que nous promettait la Régence ?
Le bien est chez les partisans,
Et chez le peuple l'indigence.

Ces gros messieurs, nés paysans,
Parmi les sabots et les guêtres,
Deviennent riches en deux ans,
Ces gros messieurs, nés paysans.
Plus nobles que nos courtisans,
Ces coquins vantent leurs ancêtres,
Ces gros messieurs, nés paysans,
Parmi les sabots et les guêtres !

Quand on les renverrait tout nus,
Ce n'est pas leur faire injustice :
Ils sont de la sorte venus,
Quand on les renverrait tout nus.
Leur ôter biens et revenus,
C'est pour eux le moindre supplice.
Quand on les renverrait tout nus,
Ce n'est pas leur faire injustice.

Grande reine, on l'attend de vous,
Cette réforme est nécessaire.
Ce supplice est encor trop doux ;
Grande reine, on l'attend de vous.

De ces tigres délivrez-nous,
Quoiqu'on vous prêche le contraire.
Grande reine, on l'attend de vous,
Cette réforme est nécessaire[1].

J'extrais d'une autre pièce ce triolet d'un anonyme aussi peu parlementaire d'opinion que de style :

Ils ne seront donc point pendus,
Ces b.....de parlementaires?
Ces gens qui font les entendus,
Ils ne seront donc point pendus?
Tous les princes seront tondus
Dans la suite de cette guerre.
Ils ne seront donc point pendus,
Ces b...... de parlementaires?

Et les Parlementaires n'étaient point en reste, témoin les deux couplets qu'on va lire, tirés du *Caresme de Mazarin*. Ce sont les seuls qu'on en puisse honnêtement reproduire. L'auteur apostrophe ainsi le cardinal :

[1] Tiré des *Triolets sur le Tombeau de la Galanterie et sur réforme générale*.

Maudit, maraud, malicieux,
Sot, superbe, simoniaque,
Avare, ânier, ambitieux,
Maudit, maraud, malicieux,
Pendard, pelé, pernicieux,
Plus dangereux qu'un maniaque,
Maudit, maraud, malicieux,
Sot, superbe, simoniaque !

Infâme, impertinent, ingrat,
Tigre, têtu, tyran et traître,
Fourbe, faquin, fantasque et fat,
Infâme, impertinent, ingrat,
Ribaud, rodomont, renégat,
Méchant enfin, pour toute lettre [1]*,*
Infâme, impertinent, ingrat,
Tigre, têtu, tyran et traître !

Où est l'esprit, dira-t-on? Il faut avouer que nous voilà de nouveau dans la bourbe. Ainsi manié par tant de gens, notre petit poëme y dut souvent retomber. Ce qu'il y a de plus clair dans toutes ces injures, c'est que Paris,

[1] On a pu remarquer que, dans ce beau morceau d'éloquence, tous les mots du même vers commencent par la même lettre. C'est une beauté de plus.

excédé de la guerre, ne savait à qui s'en prendre de ses maux. Ceux-ci accusaient la cour,
ceux-là le parlement ; tous étaient d'accord
pour demander la fin de leurs souffrances.

Le Triolet, comme on voit, joue presque
un rôle plus important dans notre histoire
politique que dans notre histoire littéraire.
Armé pour le combat, il perdit de sa vogue
à mesure que le calme renaissait. Le règne de
Louis XIV, dans sa période éclatante, rédui-
sit au silence les chansonniers et les beaux-
esprits. Devant cette grandeur politique et
littéraire, le petit Triolet se tint discrète-
ment dans l'ombre et dut passer inaperçu. La
fin du règne lui fut plus propice ; avec les
fautes et les revers, il reparut. Mais, malgré
tout, son beau temps était passé, et la plupart
des triolets de cette seconde époque sont assez médiocres. Le suivant me paraît joli. Il est
de 1704 :

L'amitié du roi très-chrétien
Vaut beaucoup mieux qu'une couronne.

Bavière a choisi pour soutien
L'amitié du roi très-chrétien.
Sa fortune est réduite à rien;
Mais voici comment il raisonne :
L'amitié du roi très-chrétien
Vaut beaucoup mieux qu'une couronne.

Quant au Triolet purement poétique et de galanterie, s'il reprit quelque peu de son ancien éclat, ce ne fut guère que par contre-coup et après la mise en honneur du genre par les chansonniers politiques. Voiture ni Malleville n'en ont trace dans leurs œuvres. La pièce célèbre que j'ai citée en tête de l'étude précédente,

Le premier jour du mois de mai
Fut le plus heureux de ma vie...,

a dû être écrite vers 1660. Elle est de Ranchin, conseiller à la Chambre de l'Edit. «Ce Ranchin, dit Tallemant, a fait beaucoup de vers. » Saint-Amant, plus tard La Monnoye et Vergier ont aussi quelques triolets amoureux ou bachiques. En voici un de Vergier, assez bien tourné, il me semble :

Vous me demandez des chansons ;
C'est un air léger qui s'envole.
Au lieu de solides leçons,
Vous me demandez des chansons.
C'est que pour leurs frivoles sons
Vous me gardez un prix frivole.
Vous me demandez des chansons ;
C'est un air léger qui s'envole.

Cette pièce n'est pas dans les œuvres de l'auteur sous le nom de Triolet, mais sous celui de Chanson. Après le titre on lit : *Air du Triolet.* Encore un souvenir de la Fronde. Parmi les airs différents sur lesquels, tout d'abord, dut se chanter notre petit poëme, il y en eut un sans doute, mieux composé ou plus facile à retenir que les autres, et dont la vogue les fit oublier. Ce fut l'air par excellence, l'air sur lequel on chanta tour à tour le parlement ou Mazarin, et qui fut gravé, à l'exclusion de tous, dans les recueils musicaux. Il arriva alors que la mesure des vers du Triolet fut forcément toujours la même. Au temps de Sibilet, nous avons vu qu'on l'écrivait indifféremment « en vers de huit syllabes ou moindres. » Dans ceux que j'ai cités, il s'en trouve un, de De la Vigne, dont les vers sont de dix pieds, et le seul triolet non politique de Saint-Amant est en vers de sept pieds. Désormais ces différentes mesures sont proscrites : tout triolet est en vers de huit pieds et peut se chanter sur l'air connu. Je le donne ici pour les curieux :

- mour. Crai-gnons quel - que fâ - cheux re -

tour : Fuyons la   dou ce sym-pa-thi - e!

Ce fut, je pense, grâce à cet air que les poëtes et chansonniers du xviiie siècle employèrent encore la forme qui nous occupe. Presque
toujours on la trouve, chez eux, sous le titre
de chanson, couplet ou romance. Piron, fils
de l'intime ami de La Monnoye, s'y essaya, à
l'exemple de son maître et compatriote. Il s'en
servit même une fois pour railler l'Académie.
Mais c'est surtout dans l'*Almanach des Muses*
qu'il faut chercher les triolets chantés. La plupart sont d'auteurs bien obscurs aujourd'hui :
La Place, De la Louptière, dont les deux
couplets (*Quand l'amitié devient amour*,
et *Quand l'amour devient amitié*) ont fait
les délices de nos pères, Saurin, poëte dra-
matique, membre de l'Académie Française,

Davesne, l'abbé Mangeant. Je cite la pièce
de ce dernier, au bas de laquelle l'éditeur a
mis cette note: « On connaît peu de bons
triolets; celui-ci a toutes les grâces propres à
ce genre de poésie. »

Aimables sœurs, entre vous trois,
A qui mon cœur doit-il se rendre?
Il n'a point encor fait de choix,
Aimables sœurs, entre vous trois.
Mais il ne se rendra, je crois,
Qu'à la moins fière, à la plus tendre :
Aimables sœurs, entre vous trois,
A qui mon cœur doit-il se rendre?

Bravo, l'abbé! Encore un abbé; c'est le
troisième. Mais le temps approche où les per-
sécutions et le martyre rendront à ces apôtres
mondains la gravité qui sied à leur état. La
Révolution proscrit à la fois la galanterie et
les galants. Adieu ruelles et salons! Adieu
les vers musqués! Si quelque attardé s'y
risque encore, c'est à la condition que les grâces de sa poésie soient « négligées. » Ainsi,
comme le Rondeau, le Triolet tombe en dé-

suétude. On n'a plus le loisir de tant tourner autour d'un refrain.

La Renaissance qui est l'honneur de notre siècle s'en prit d'abord, comme toutes les renaissances, aux grandes formes et aux grandes idées. C'est d'hier seulement, le déclin venu, que les ramasseurs de miettes ont ressuscité notre petit poëme. L'un des auteurs de cette résurrection est, je crois, M. Théodore de Banville, qui nous a gratifiés du Triolet funambulesque. Je doute que nous lui en devions beaucoup de reconnaissance.

Plus relevé, plus noble, ajoutons-le bien vite, est, de nos jours, le style accoutumé du genre. Affranchi par l'oubli du joug banal de l'*Air connu*, le Triolet n'est plus chanson ni romance, mais poésie : ne cherchez désormais sa musique qu'en lui-même. S'il reste, chez quelques-uns, satirique et même burlesque, comme au temps des Picards, chez d'autres, au contraire, il rappelle par sa grâce les plus heureuses modulations des premiers jours. Contraste étrange ! un rhy-

7

thme si bien approprié à l'épigramme se
prête aussi merveilleusement à la plainte, à
l'élégie. Ce triple refrain, dont on peut tirer
des effets si piquants et si comiques, qu'est-
ce autre chose que l'obsession de la pensée
douloureuse chez l'homme qui pleure?

DU SONNET

La musique du Sonnet

A Monsieur Gustave Méneau.

Oui, j'aime le Sonnet, je l'avoue, il me charme ;
Ce chant si bien reglé pour l'oreille me plaît ;
C'est une Symphonie en vers, un tout complet,
Et sur lui la critique ébrèche en vain son arme.

Que lui faut-il pour thème ? Un sourire, une larme,
Moins que rien. L'Allegro lance un premier couplet ;
Puis la voix tombe et dort avec l'Andante : elle est
Comme un glas monotone et qui sonne l'alarme.

7.

Mais soudain le Tercet, léger comme un oiseau,
Entraîne l'auditoire au son vif du Scherzo.....
Il laisse en s'enfuyant la rime suspendue ;

Et le Final, plaquant un magistral accord,
Jette, en un dernier trait, cette rime attendue.
L'air fini, votre cœur vibre longtemps encor.

DU SONNET

A mon vénéré maître M. L. Delayant.

~~~~~~~

CHAPITRE PREMIER

LES ORIGINES

Raconter l'histoire du Sonnet en France, en mettant sous les yeux du lecteur les meilleurs ouvrages du genre ou les plus fameux qui soient dans notre langue, tel est le but de cette étude où je m'aventure après tant d'autres. Le Traité de Colletet [1], forcément in-

---

[1] *Art poétique,* discours du *Sonnet,* Paris, 1658.

complet, l'Histoire de M. Charles Asselineau [1], très-abrégée et sans beaucoup d'ordre,
ne sauraient être considérés comme des travaux définitifs. Ce n'est pas que j'ose croire
qu'il en doive être autrement du mien ; mais
simplement, les premiers auteurs n'ayant dit
qu'un mot, j'en dis deux, persuadé qu'un plus
heureux ira jusqu'à trois sans épuiser le sujet.

Qu'est-ce que le Sonnet ? d'où vient-il ?
Telles sont les deux questions qui se présentent d'abord. A la première on sait la réponse
de Boileau : Apollon, l'inventeur, suivant
lui, des « rigoureuses lois » du Sonnet,

Voulut qu'en deux quatrains de mesure pareille
La rime avec deux sons frappât huit fois l'oreille,
Et qu'ensuite six vers, artistement rangés,
Fussent en deux tercets par le sens partagés.

C'est là la règle exacte. Quelle beauté en
résulte ? « Une beauté suprême, » si l'on en

---

[1] *Histoire du Sonnet pour servir à l'histoire de la Poésie française.*
Alençon, 1856.

croit Boileau, et avant lui Balzac écrivait:
« Le Sonnet est un chef-d'œuvre en petit [1]. »
«Véritable invention de génie, » proclame à
son tour M. Charles Asselineau. Mais tout
cela ne nous dit pas la raison des rigoureuses
lois du poëme. Ajoutons que, grâce à cette
fureur de légiférer qui distingue nos lettrés
comme nos hommes d'État, la rigueur de ces
lois a été le plus souvent augmentée sans motif. Quelle nécessité, par exemple, de défendre « qu'un mot déjà mis ose se remontrer? »
Nous rencontrerons dans le cours de ces pa-

[1]Voici une traduction de huit vers latins que cite Balzac à
propos du Sonnet :

Le Sonnet est pour moi la difficulté même.
Mieux vaut cent fois écrire une ode, un long poëme ;
On est à l'aise au moins, on marche en liberté,
Au lieu qu'en un sonnet chaque pas est compté ;
Quand ailleurs il suffit que la langue soit pure,
Il faut là tout ensemble entrain, clarté, mesure ;
Si l'oreille et l'esprit n'y trouvent mille appas,
Ce sont quatorze vers, mais un sonnet, non pas.

Entretiens. Entr. XXXII. A Monsieur Le Breton. De
trois Sonnets de Monsieur Chapelain.

ges des sonnets qui passent à justre-titre pour
chefs-d'œuvre, où cependant cette règle arbi-
traire est violée. C'est que la beauté du poëme
ne dépend en vérité qu'à peine des lois de la
syntaxe et de la rhétorique. Chacun de ses
quatorze vers, considéré isolément, n'a d'autres règles à suivre que celles de la plus banale
prosodie. Nos poëtes de la première moitié du
xviie siècle, en appuyant trop sur des exigences purement grammaticales et pédantesques,
préparaient, sans s'en apercevoir, l'opinion
qui prévalut après eux et que je trouve ainsi
formulée par un auteur du xviiie siècle, Sautereau de Marsy : « Nous ne voyons, dit-il,
aucun mérite réel inhérent au Sonnet. Cela
est si vrai qu'un auditeur, s'il n'est averti, ne
le distingue presque jamais de tout autre
genre de poésie. En un mot, un bon sonnet
est un certain nombre de vers qui seraient tout
aussi bons s'ils ne formaient pas un sonnet[1].»

---

[1] *Annales Poétiques,* t. III. Préface de l'art. *Mellin de Saint-Gelais.*

Je ne suis pas bien sûr que, de nos jours encore, il n'y ait personne de cet avis.

Telle fut la conséquence de la tyrannie puérile des Balzac, des Ménage, des Colletet et des Boileau. Grâce à tous leurs préceptes, l'attention se consumant à peser chaque vers, chaque mot, l'accessoire était devenu le principal, les détails faisaient oublier l'ensemble, et nul ne sentait plus l'exquise musique du rhythme.

Musique, en effet! Tout précepte qui ne concourt pas à rendre plus vraie cette assimilation doit être dédaigneusement écarté. Peu importe, croyez-le, tel ou tel croisement de rimes. Colletet et Bruzen de la Martinière, donnant sur ce point des règles, perdaient leur temps et leur peine. Croisez vos rimes comme vous l'entendrez, à la seule condition qu'elles soient les mêmes dans les deux quatrains. Là est la loi fondamentale, d'où découle tout le reste, la règle vraiment nécessaire et presque unique, la base, pour ainsi dire, de tout l'édifice rhythmique. C'est ce que Ménage semblait entrevoir lorsqu'il écrivait

dans ses *Origines de la langue françoise* :
« SONNET, DU SON QUE FONT LES DOUBLES RIMES
DANS LES DEUX QUATRAINS [1]. »

Hé! quelle oreille, tant soit peu exercée, ne
sentira aussitôt ce que cette monotonie de rimes va produire par son contraste même avec
la variété, la rapidité des tercets, pour l'effet
de ces quatorze vers? Vous lisez le premier
quatrain. Cette strophe de quatre vers étant
à la fois la plus simple et la plus satisfaisante
pour l'oreille, l'auditeur écoute d'abord à son
aise. Quand les deux rimes déjà entendues
reviennent le frapper, au second quatrain, il
éprouve une sorte de gêne, dont vous vous
rendrez compte en lisant ces anciennes poésies
monorimes, comme on en trouve dans les
premiers temps de notre littérature. C'est là
l'excès, il est vrai, et on ne saurait comparer
à un pareil ennui la sensation toute faible et
passagère que peut produire la seconde

---

[1] Voir, page 93, l'étymologie différente donnée par Ginguené.

strophe du sonnet; mais l'effet, pour léger qu'il soit, n'est pas moins immanquable : c'est comme une inquiétude. Quel charme, alors, que ce changement de rime dans les tercets, et cette course précipitée vers la solution attendue du dernier vers, où est, en quelque sorte, le bouquet de ce feu d'artifice musical !

Mais pourquoi, dira-t-on, deux tercets plutôt que deux quatrains ? Il s'agit de préparer une chute, un dénoûment, — je parle du rhythme dégagé de toute idée; comprenez donc : chute et dénoûment rhythmique.—Or, il n'est pas besoin d'une oreille bien délicate pour sentir que le quatrain, dans sa forme pleine, carrée, ne laisserait rien attendre après lui; tandis que le tercet demande son couronnement, sa conclusion mélodique. L'intérêt musical, réveillé par cette reprise habile, par ce changement de mouvement du premier tercet, reste suspendu avec la rime, et l'auditeur veut quelque chose de plus, exige un trait final. Ecoutez : le voilà, dans ce dernier tercet qui vient remplir votre oreille de sa conclusion

brillante, et jeter comme l'accord suprême de
la poétique symphonie. Quelle marche sa-
vante! quelle gradation raffinée! Tout peut
y entrer, même l'ampleur, qui n'est pas la
longueur, comme quelques-uns semblent le
croire. Donnez cette forme à un vrai poëte, à
un Ronsard, à un Pétrarque, et vous verrez
si elle s'accommode si mal avec la poésie la
plus haute. Comme c'est complet! comme
c'est bien un tout! Tout un poëme en une
demi-page! C'est — du moins, je l'inter-
préterais volontiers ainsi — ce que Boileau a
voulu dire dans son vers célèbre :

Un sonnet sans défaut vaut seul un long poëme.

Changez la coupe, mettez les tercets avant
les quatrains, le charme est détruit, la fin ra-
lentit le mouvement, ce qui est le contraire
de la nature.

Je me propose d'étudier, dans un chapitre
à part, l'effet et l'historique de ces différentes modifications de notre rhythme. Pour
le présent, j'ai à répondre à la seconde ques-

tion que je me suis posée en commençant ce chapitre: D'où vient le Sonnet? Et comme le Sonnet ne va pas sans la rime, un mot d'abord de l'origine de la rime.

Les avis sont partagés sur ce point. Huet et Saumaise pensent qu'elle fut apportée d'Afrique, lors de l'irruption des Maures en Espagne. Mais il y a, à cette hypothèse, une objection puissante. Le pape saint-Damase, qui vécut de 304 à 384, saint-Augustin, qui vécut de 354 à 430, employèrent la rime en latin. Au ve siècle, Cœlius Sedulus, Orientius, au vie, l'employèrent aussi. La chanson, si populaire au viie siècle, sur la défaite des Saxons par Clotaire II, est également rimée [1]. Or, les Maures ne vinrent en Espagne qu'au viiie siècle, en 710.

L'opinion d'Huet et de Saumaise écartée,

---

[1] Je ne puis résister au plaisir de citer au moins les deux premiers vers de ce latin naïf :

De Chlotario est canere rege Francorum
Qui ivit pugnare in gentem Saxonum...

Ivit pugnare surtout me semble valoir son pesant d'or.

il reste probable qu'à mesure que les règles de
la prosodie latine se perdirent, on sentit le
besoin de remplacer la quantité, devenue
vague et incertaine, par l'accent et l'asso-
nance, et il n'est pas douteux que les chants
des premiers chrétiens n'aient puissamment
contribué à cette révolution. La nécessité
d'un rhythme fortement marqué et qui se
gravât dans l'esprit du vulgaire fut une
des causes de la transformation.

N'oublions pas le côté plaisant de ces recherches sur l'origine de la rime. Jean Lemaire, dans ses *Illustrations des Gaules*, et
Nostradamus, dans ses *Vies des Poëtes provençaux*, la font remonter à Bardus, cin-
quième roi des Gaules et poëte, régnant vers
l'an du monde 2140, c'est-à-dire vingt siècles
avant J.-C. Il faut ajouter, pour être juste,
que personne n'a osé réfuter cette opinion.

Quoi qu'il en soit, dès le xe siècle, l'emploi
de la rime en latin est devenu à peu près général ; la division en quatrains et tercets est
en usage ; on a commencé par les rimes plates,

les rimes croisées ont bientôt suivi ; nous les trouvons déjà employées au commencement du ixe siècle.

Ainsi, au moment même où vont naître les idiomes modernes, les matériaux du Sonnet existent. Reste à les assembler et à composer l'édifice. Qui le premier eût cette gloire ? Autre question controversée. Les uns disent Pétrarque, ce qui est une erreur manifeste, comme il est facile de s'en convaincre par les dates : Pétrarque a vécu de 1304 à 1374. D'autres en font honneur à un ami de Dante, Cino da Pistoïa (1270-1336) ; nous allons voir que le petit poëme est encore plus vieux d'au moins cinquante ans. D'autres, en bons Français, prétendent que les premiers sonnets furent écrits en langue d'oïl, et ils citent à l'appui de leur thèse Thibaut de Champagne et le *Roman de la Rose*. Mais l'opinion la plus acceptable est celle de Claude Fauchet et de Henri Estienne, qui attribuent l'invention du Sonnet aux Provençaux. « Ne mettons pas de vanité nationale

dans les recherches d'antiquités; cela serait
puéril [1]. » Il est bien vrai que Thibaut de
Champagne a dit :

Si cui-je faire encor maint Jeu-Parti,
Et maint Sonet et mainte Renverdie [2] *;*

il est bien vrai que le *Roman de la Rose* parle
aussi de « Sonnés cortois [3], » et que Colletet,
qui semble être la plus sûre autorité en pareille matière, consacre de longues pages à
démontrer l'origine française du rhythme.
Mais il est trop aisé de voir que Colletet prend
ses désirs pour des arguments ; le plus souvent l'excès de son patriotisme l'égare. C'est
ainsi que, parlant de Giraud de Borneilh, que
quelques-uns (Du Verdier, La Croix du Maine)
regardent comme le Provençal inventeur du
Sonnet, il ajoute: « Quoy qu'en effet, selon le
mesme du Verdier, il ne nasquit pas en Pro-

---

[1] Villemain, *Tableau de la Littérature du Moyen âge*, t. I,
x^e leçon.

[2] *Poésies du Roy de Navarre*, avec des notes et un Glos-
saire français. Paris, Guérin, 1742, t. II, ch. LX.

[3] Édit. Méon. Paris, Didot, 1814, vers 706.

vence, mais en Lymoges, d'une noble famille. »
Comme si les Limousins n'étaient pas com-
pris dans cette dénomination générale de
Troubadours provençaux! comme si plusieurs
de ces poëtes, et des plus célèbres, Bertrand
de Born, Bernard de Ventadour, etc., n'étaient
pas Limousins, à tel point que la langue provençale fut le plus souvent appelée limousine!
comme si, enfin, ce n'était pas en cette qualité
de Troubadour provençal que Giraud de Borneilh précisément se trouve désigné par Dante
dans ces trois vers sur Arnauld Daniel :

Versi d'amore, prose di romanzi
Soverchiò tutti, e lasciò dir gli stolti
Che quel di Lemosi credon che avanzi!

Et ce roi Thibaut lui-même, sur un vers
duquel on se fonde, qu'a-t-il fait qu'imiter
en langue d'oïl les poëtes de la langue d'oc,
avec qui, tout l'indique, il dut avoir tant de
relations? « Il fut élevé, dit M. Villemain [1],

[1] *Loc. cit.*, leçon IX.

par une grand'mère qui avait tenu des cours d'amour avec beaucoup d'éclat. Appartenant, par son fief de Champagne, à la France du Nord, il avait eu de bonne heure, par sa famille, les habitudes gracieuses et poétiques du Midi, et il mêla dans ses vers les génies des deux nations et des deux langues. » Pour les rhythmes, en particulier, ses chansons suivent exactement ceux des Troubadours, et non plus que chez eux, on ne trouve chez lui ce que nous appelons proprement Sonnet. Il a le nom, c'est vrai ; quest-ce que cela prouve ? Na-t-il pas pu l'emprunter aux Provençaux ? Il y avait assez longtemps déjà qu'ils en faisaient usage. D'ailleurs, les poésies de Thibaut et le *Roman de la Rose* sont du xiiie siècle. Or, nous avons des sonnets italiens dès la première moitié de ce siècle, c'est-à-dire dès l'époque de Thibaut de Champagne et avant celle du *Roman de la Rose*, qui n'est que de la seconde moitié. Nous dirons donc, avec la permission de Colletet, que, si en France on trouve, au xiiie siècle, le mot Sonnet, au même siècle on trouve en Italie la chose, ce qui vaut un peu mieux comme preuve.

Mais ici, je me heurte à une opinion nouvelle, qui est celle qu'a soutenue Ginguené dans son *Histoire littéraire d'Italie* : Oui, dit-on, les Italiens avaient le Sonnet au XIIIᵉ siècle ; mais qu'il leur vint des Troubadours, rien ne le prouve. « Les Provençaux appelèrent *Sonnet* des pièces dont le chant était accompagné du *son* des instruments ; ce mot n'indiquait aucune combinaison particulière dans les strophes [1]. » Ainsi parle Ginguené, et, pour conclure, il cite un sonnet sicilien de Pierre Des Vignes, le chancelier poëte, un de ces disciples de l'école provençale qui, de 1225 à 1250, illustrèrent la cour de Frédéric II à Palerme. La pièce, selon l'historien, doit mettre hors de doute « l'origine sicilienne de cette forme de poésie, ignorée des Provençaux, *quoiqu'ils en connussent le titre.* » Voilà ce qu'on est toujours obligé d'ac-

---

[1] *Histoire littéraire d'Italie*, ch. V, sect. II.

corder. Or, si ce titre n'indiquait, chez eux,
aucune combinaison particulière, c'est apparemment qu'au lieu d'une seule ils en avaient
plusieurs. Plus larges que nous dans l'accep-
tion qu'ils donnaient au mot, ils l'employèrent
pour désigner des formes diverses, comme on
a vu qu'en France le mot Rondeau s'appliqua
successivement à trois formes principales, sans
parler de l'infinie variété de celles qui servi-
rent de transition. C'est là un phénomène
qu'on retrouve, après tout, dans l'histoire de
la plupart des rhythmes : tâtonnements d'a-
bord, diversité de coupes; puis, une coupe
plus heureuse fait oublier les autres et porte
seule le nom. Ne sait-on pas les étranges
complications de rimes et de mètres, les tours
de force sans nombre que les Provençaux ont
imaginés ? Leur habileté en ce genre est
indiscutable. « Il serait impossible , dit
M. Gidel[1], de compter tous les jeux bizarres,
toutes les combinaisons difficiles auxquelles la

---

[1] *Les Troubadours et Pétrarque*, thèse présentée à la Faculté
des Lettres de Paris. Angers, 1857.

rime a donné lieu chez les Troubadours. »

C'est cent ans environ avant Pierre Des Vignes que les historiens de la Gaie Science placent l'apparition d'une école nouvelle dont Pierre d'Auvergne fut le chef. « Ses innovations furent de deux sortes, nous apprend M. Fauriel [1] : elles portèrent sur la partie musicale de l'art et sur sa partie poétique, sur la diction et la versification. » Serait-il impossible que ce Pierre d'Auvergne fût justement l'inventeur du Sonnet ?

Sans nous arrêter à des hypothèses, tout cela, du moins, témoigne à quel point les Provençaux poussaient le souci de la facture, combien la science des rhythmes était chez eux en honneur. Notez maintenant que la Provence fut, en fait de rhythmes, l'institutrice de l'Italie. « Pour avoir enseigné à tous l'art des vers en langue vulgaire, dit un critique italien du xviie siècle, Crescimbeni, les poëtes provençaux sont qualifiés du titre

---

[1] *Histoire de la Poésie provençale*, ch. XVI.

de maîtres par les Toscans. » Dante et Pétrarque, entre autres, ont une admiration profonde, un culte pour les Troubadours. Relisez, pour vous en convaincre, l'énumération enthousiaste que fait d'eux le poëte des *Triomphes*, au quatrième chant de son *Triomphe d'amour* :

Fra tutti il primo, Arnaldo Daniello,
Gran maestro d'amor ch' alla sua terra
Ancor fà onor col dir polito e bello.....

Qui ne sait aussi les incessants voyages des Provençaux au delà des monts? De 1180 à 1260, Bernard de Ventadour, Cadenet, Pierre Vidal, Rambaud de Vaqueiras, Aimery de Peguilhem, combien d'autres franchirent tour à tour les Alpes ! C'est en provençal qu'écrivirent les premiers poëtes italiens. Gênes, Pise, Turin, Mantoue, Milan eurent leurs Troubadours autochthones. M. Villemain cite un fragment d'un manuscrit de 1254 qui prouve qu'alors c'était l'esprit provençal, la poésie provençale qui régnait à la cour des ducs de Modène. De même à celle de Frédéric II. «Après les Troubadours italiens écrivant en provençal, que rien ne distingue des Troubadours français, viendront les Italiens troubadours de l'école sicilienne, écrivant en italien, dans une langue inculte, mais selon les formes créées par notre poésie chevaleresque et dans le style exact de la philosophie amoureuse des troubadours. La cour de Frédéric II à Palerme sera le centre de cette école, qui a produit Pierre des Vignes, Ranieri da Palermo, Ruggerone, Inghilfredi, Arrigo, Testa, Jacopo da Lentino... etc. [1]. » Quoi! nous savons, à n'en pouvoir plus douter, que les poëtes de Palerme n'ont été que les élèves des Provençaux; nous savons l'habileté et la réputation de ceux-ci pour tout ce qui regarde les combinaisons de rhythmes, et, quand nous rencontrons un rhythme heureux employé presque sous leurs yeux par un

---

[1] Eug. Baret. *Les Troubadours et leur influence sur la Littérature du midi de l'Europe*, ch. IV, §

de leurs élèves, ce n'est point aux maîtres que nous en ferons remonter l'honneur ! Loin qu'il justifie, à mon sens, la conclusion de Ginguené, le sonnet de Pierre Des Vignes me semble une preuve de plus en faveur des Troubadours. « Ne doutez pas, écrit M. Eugène Baret ([1]), que ces ingénieux poëtes n'aient inventé toutes les combinaisons de rimes, tous les mètres, toutes les strophes qui depuis ont été mis en usage dans la poésie moderne. » C'est chez eux que l'Italie prit le Canzone et la Pastourelle; chez eux de même elle prit le Sonnet.

Dix ou vingt ans après l'école sicilienne, parut, au nord de la Péninsule, une autre école qui prit encore les Provençaux pour modèles, et dont les poëtes rimèrent tour à tour en italien et en provençal. Un des Troubadours de ce nouveau groupe, Dante da Maïano nous fournit la pièce suivante que je me permets de considérer comme un aveu.

[1] *Loc. cit.*, ch. VII, § 1.

C'est un sonnet, cité par Raynouard au tome premier de son *Lexique Roman* :

Las! so que m'es el cor plus fis e qars
Ades vai de mi parten e lungian,
E la pena e'l trebail ai eu tot ses pars.
On mantas vez n'ai pren langir ploran.

..... Amors mi ten el cor un dars,
On eu cre q'el partir non es ses dan
Tro q'a mi dons, ab lo jen parlars,
Prenda merse del mal q'eu trag tan gran.

Leu fora si m volgues mi dons garir
De la dolor q'ai al cor tan soven,
Qar en lei es ma vida e mon morir.

Merse l'en quier a mia domna valen,
Per merse deia mon precs accoillir
E perdon fasa al mien gran ardimen.

Voilà donc un sonnet écrit par le disciple dans la langue même des maîtres. Dira-t-on que cet Italien voulait doter la poésie provençale d'un rhythme qu'elle n'avait pas eu jusqu'alors? A quoi bon? En ce temps, elle

inclinait visiblement vers sa fin. Son lot était
bien moins de recevoir que de donner, et l'on
doit reconnaître qu'elle donna largement.
Que quelques-unes des formes transmises
par elle aux autres littératures ne se ren-
contrent plus dans les monuments qu'elle-
même nous a laissés, on ne saurait s'en étonner beaucoup. De cette poésie de la langue
d'oc la meilleure part ne nous est point par-
venue, nous n'avons guère que des débris.
Comment admettre, au contraire, que dans
la langue d'oil, — pour revenir en finissant
à l'opinion de Colletet, — dans la langue d'oil
qui, loin de dépérir, progressait chaque jour
et nous a transmis religieusement toutes ses
vieilles formes, rondeaux, ballades, lais, virelais, coq-à-l'âne, chants-royaux, etc..., le
seul Sonnet ait si complétement disparu jusqu'au xvie siècle, c'est-à-dire durant trois
cents ans? Colletet a, sur cette lacune, une
fort poétique comparaison que je vais avoir
la cruauté de reproduire. Ce sera pour lui le
dernier coup.

« Il est bien vray, dit-il, qu'à l'égard du sonnet françois, il en a esté de luy comme de cette belle et fameuse fontaine Aréthuse qui se cache presque dès sa source sous l'eau de la mer, d'où elle ne se montre qu'après une fort longue traitte. Car je trouve que, depuis que les Provençaux, et les Italiens après eux, se furent emparez du sonnet et qu'ils en eurent enrichy leur langue, la nostre, qui estoit dans son antienne barbarie et qui ne connoissoit pas encore les riches thrésors qu'elle devoit un jour posséder, leur abandonna facilement le sonnet, et ne retint pour elle que ces vieilles ferrailles de poésie, lais, virelais, ballades, rondeaux, coq-à-l'âne, et surtout, en matière de petites pièces, les huitains et les dixains qui estoient le travail et l'exercice ordinaire de nos muses françoises. Jusques là mesme que Scévole de Sainte-Marthe ne feint point de les appeller les légitimes enfans des François au mépris mesme du sonnet qu'il appelle estranger. » Avouez que voilà de jolies raisons et qu'Aréthuse est un argument bien trouvé !

9.

Laissons donc aux Provençaux l'honneur
d'avoir inventé le Sonnet et de l'avoir transmis à l'Italie, où Pétrarque, dès les premières
années du xive siècle, porta si haut sa gloire.

Ce ne fut qu'au xvie qu'il fut introduit
dans notre pays, par du Bellay, ont dit les
uns, d'autres par Pontus de Tyard. Malgré
les preuves contraires accumulées par Colletet, malgré le témoignage de du Bellay
lui-même dans la préface de son *Olive*, chacune des deux erreurs a été alternativement
reproduite par les historiens. Cependant, à
défaut des textes ou même en dépit d'eux,
les dates seules démontrent que le mérite
de l'importation revient à Mellin de Saint-
Gelais. Les premiers sonnets de Saint-Gelais ont été écrits de 1525 à 1530. Or, du
Bellay naquit en 1525, Pontus de Tyard en
1521. Il doit paraître, d'après cela, difficile
que l'un ou l'autre ait pu, dès cette époque,
importer quoi que ce soit.

Clément Marot, à l'exemple de son ami
Mellin, rima quelques sonnets. Mais ils

n'eurent tous deux que cette gloire, si c'en
est une, d'être les premiers en date. Après
eux, du Bellay publia, en 1549, un recueil
de cinquante sonnets à la louange d'Olive.
C'est à lui et à ses compagnons de la Pléiade
que commence véritablement l'histoire du
Sonnet en France.

CHAPITRE II

LA PLÉIADE.

« Le Sonnet, écrivait, au siècle dernier, Bruzen de la Martinière, n'admet point les licences que l'on pardonne dans les autres genres d'épigrammes. Il faut que tout y soit pur et régulier. De là vient que ceux de Marot et des poëtes qui l'ont suivi jusqu'à Malherbe ne sont pas supportables [1]. » Telle était, depuis le fameux hémistiche : « Enfin Malherbe vint, » l'opinion de la critique française sur l'époque brillante qui va nous occuper. Mais

[1] *Nouveau Recueil des Épigrammatistes français*, par M. B. L. M. Amsterdam, 1720.

notre siècle a depuis longtemps vengé la
Pléiade, et il n'est personne aujourd'hui qui
ne sache que les plus beaux sonnets de notre
littérature sont presque tous de cette première période tant décriée jusqu'à nous.

Je crois inutile d'insister ici, après tout ce
qu'on en a pu lire ailleurs, sur ce grand mouvement qui emporta les esprits, vers cette
date de 1550, où disparut presque tout entière
l'ancienne poétique gauloise pour faire place
à une poétique nouvelle dont le programme
fut rédigé par du Bellay, dans sa *Défense et
illustration de la langue françoise*. Aux
rondeaux, ballades, virelais, chants-royaux
et « autres épiceries » les réformateurs subs-
tituèrent « ces pitoyables élégies à l'exemple
d'un Ovide, d'un Tibulle et d'un Properce,
ces odes d'un lut bien accordé au son de
la lyre grecque et romaine, ces beaux sonnets conformes de nom à l'ode,...etc... [1] »
Ainsi la vogue du Sonnet, dans ce premier

---

[1] *Défense et Illustration de la Langue françoise*, liv. II, ch. IV.

siècle de sa gloire, avait, en quelque sorte, été
résolue d'avance en petit comité des amis de
Ronsard. On peut dire que le goût public n'y
fut d'abord pour rien; bien plutôt les poëtes
l'imposèrent au goût public.

Ce ne fut pas de lui-même, s'il faut l'en
croire, que du Bellay choisit cette forme du
Sonnet pour ses vers. Voici ce qu'il déclare à ce sujet dans la Préface de la seconde
édition de son *Olive* (cent quinze sonnets,
1550) : « Voulant doncques enrichir nostre
vulgaire d'une nouvelle ou plustost ancienne
renouvellée poésie, je m'addonnay à l'imitation des anciens Latins et poëtes Italiens,
dont j'ay entendu ce que m'en a peu apprendre la communication familière de mes amis.
Ce fut pourquoy, à la persuasion de Jaques
Pelletier, je choisi le sonnet et l'ode, deux
poëmes de ce temps-là encores peu usitez
entre les nostres, estant le sonnet devenu
francois, comme je croi, par Mellin de Sainct-
Gelais. » Ce Jacques Pelletier du Mans, par
qui du Bellay se laissa persuader, était ce

qu'on appellerait de nos jours un *oseur*. Ma-
thématicien beaucoup plus que poëte, ne rimant guère que par passe-temps, il écrivit un
Art poétique et conçut, un des premiers sans-
doute, l'idée que tant de gens croient nouvelle
de simplifier l'orthographe en la rapprochant
de la prononciation. Dès 1547, il avait traduit
en français douze sonnets de Pétrarque.

Le conseil qu'il donna à du Bellay eut ce
résultat merveilleux, qu'il fut presque aussitôt suivi par tout le monde. A peine l'*Olive*
eût-elle paru, qu'on vit surgir de toutes parts
des recueils semblables, portant de même le
nom de quelque beauté. C'était là, du reste,
comme le Sonnet lui-même, une mode italienne, et, avant du Bellay, le Lyonnais Maurice Scève avait, à l'exemple des Italiens, intitulé son livre de dizains : *Délie*. Tous ces
poëmes étaient désignés sous la dénomination générale d'*Amours*, et il n'est guère de
rimeur de ce temps qui n'ait au moins un
livre ou deux d'Amours dans ses œuvres. Le
conseiller de du Bellay, Pelletier, qui ne

faisait rien à demi, renchérit sur la mode et donna les *Amours des Amours.*

On eut ainsi, se succédant sans relâche, la *Sainte* de Guillaume des Autels (1551) ; la *Castyanire* d'Olivier de Magny (1553); la *Pasithée* de Pontus de Tyard (1554); la *Francine* de Baïf (1555) ; Claude de Buttet publia l'*Amalthée; Grévin, l'Olympe;* Tahureau, l'*Admirée;* Adrien de Guesdon, la *Marguerite;* Bugnyon, *Gélasine;* Salmon Macrin, *Gélonis;* Claude de Pontoux, *Idée....* La liste en serait presque interminable. C'est ce Claude de Pontoux qui commence ainsi un sonnet à sa chère Idée :

Ton cœur, Idée, est la dure galère
Où l'amour fait ma pauvre âme ramer;
Deuil est la rame, et mes pleurs sont la mer;
Soin est la chaîne et mon cœur le forçaire.

Ta rigueur est ce cruel commissaire
Qui à grands coups de nerf vient l'entamer... etc...

Voilà certes un début qui fait aussitôt

comprendre la cruauté de la belle. J'ajoute, en regard et comme pendant, ces quatorze vers d'un autre amoureux, Jean de la Jessée, dont les œuvres parurent un peu plus tard (1583).

O guerre! ô paix! ô prise! ô délivrance!
O clair Titan! ô lune! ô feux divers!
O jour! ô nuit! ô cris! ô lyre! ô vers!
O pas! ô soins! ô peur! ô assurance!

O faux espoirs! ô désirs! ô souffrance!
O braise! ô glace! ô sort! ô maux pervers!
O pleurs! ô ris! ô pansements couverts! *pensements*
O joie! ô deuil! ô trompeuse espérance! *vide p. 253*

O gens! ô champs! ô bois! ô gais oiseaux!
O drus poissons! ô fleuves! ô ruisseaux!
O prés! ô fleurs! ô rocs! ô monts! ô plaines!

O froid! ô chaud! ô mer! ô terre! ô cieux!
O vous, démons! ô chaos stygieux!
Voyez, pour Dieu! le comble de mes peines!

On ne saurait nier que la marche de ce

sonnet ne fasse désirer ardemment le dernier vers.

Mais laissons de côté cette tourbe de rimeurs tombés dans l'oubli, les Charles Toutain, les Augier Gaillard, Jacques Béreau, Belleforest, Claude de Trellon, Le Poulchre, Guy de Tours, Nicolas Ellain, Pierre Boton et tant d'autres ; ce sont les vrais poëtes qu'il nous faut étudier, et à leur tête Du Bellay, Ronsard, Desportes, devant qui Ronsard lui-même, dans sa vieillesse, s'avouait vaincu.

Les sonnets de l'*Olive*, s'ils sont les premiers que Du Bellay ait écrits, ne sont pas, tant s'en faut, les meilleurs. Quelques traits çà et là, un beau quatrain, une fin heureuse, c'est tout ce qu'on y peut raisonnablement signaler. Je cite le suivant, non point pour sa beauté, mais à cause de la disposition des rimes dans les tercets. Pétrarque et les Italiens présentent de nombreux exemples d'un semblable arrangement ; ils sont rares, au contraire, dans notre poésie. On n'en trouverait guère, je crois, en dehors de l'*Olive* :

C'étoit la nuit que la Divinité
Du plus haut ciel en terre se rendit,
Quand dessus moy Amour son arc tendit
Et me fit serf de sa grand' déïté.

Ni le saint lieu de telle cruauté
Ni le temps même assez me défendit.
Le coup au cœur par les yeux descendit
Trop attentifs à cette grand' beauté.

Je pensois bien que l'archer eût visé
A tous les deux, et qu'un même lien
Nous dût ensemble également conjoindre.

Mais, comme aveugle, enfant malavisé,
Vous a laissée, hélas! qui étiez bien
La plus grand' proie, et a choisy la moindre!

Des trois livres de sonnets que Du Bellay écrivit après l'*Olive*, les *Amours*, les *Antiquités de Rome* et les *Regrets*, c'est ce dernier qui paraît être son meilleur titre à la gloire. On sait que, retenu dans la Ville Eternelle, où il faisait partie de la suite du cardinal Du Bellay, son oncle, le poëte eut à souffrir mille ennuis, et regretta plus d'une fois le pays natal. De là ses sonnets, et, entre beaucoup d'autres, les deux beaux poëmes qu'on va lire :

Heureux qui, comme Ulysse, a fait un beau voyage,
Ou comme celuy-là qui conquit la Toison,
Et puis est retourné, plein d'usage et raison,
Vivre entre ses parents le reste de son âge !

Quand reverray-je, hélas ! de mon petit village
Fumer la cheminée ? et en quelle saison
Reverray-je le clos de ma pauvre maison,
Qui m'est une province et beaucoup d'avantage ?

Plus me plaît le séjour qu'ont bâty mes ayeux
Que des palais romains le front audacieux ;
Plus que le marbre dur me plaît l'ardoise fine ;

Plus mon Loire gaulois que le Tibre latin,
Plus mon petit Lyré que le mont Palatin,
Et plus que l'air marin, la douceur angevine !

Cette première pièce figure dans la plupart des anthologies ; la seconde est moins connue, il me semble. Je la préfère pourtant : j'y trouve une note mélancolique pleine de grâce, en même temps qu'un accent très-fier, presque héroïque, chaque fois que l'auteur prononce ce nom : la France ! Impossible de ne pas songer, en lisant ces vers, que Du Bellay passe pour l'introducteur dans notre langue du mot *Patrie* :

France ! mère des arts, des armes et des lois,
Tu m'as nourry longtemps du lait de ta mamelle ;
Ores, comme un agneau qui sa nourrice appelle,
Je remplis de ton nom les antres et les bois.

Si tu m'as pour enfant avoué quelquefois,
Que ne me réponds-tu maintenant, ô cruelle ?
France ! France ! réponds à ma triste querelle !
Mais nul, sinon écho, ne répond à ma voix.

Entre les loups cruels j'erre parmy la plaine,
Je sens venir l'hiver de qui la froide haleine
D'une tremblante horreur fait hérisser ma peau.

Las ! tes autres agneaux n'ont faute de pâture,
Ils ne craignent le loup, le vent, ni la froidure :
Si ne suis-je pourtant le pire du troupeau.

Ce fut quelques années seulement après l'*Olive* de Du Bellay, que Ronsard fit paraître le premier livre de ses *Amours* ; il y célèbre la fameuse Cassandre. Les trois autres livres qu'il publia par la suite sont consacrés, l'un à Marie, les deux derniers à Hélène. Les érudits du temps, et à leur tête Étienne Pasquier, préféraient, paraît-il, ce premier recueil dédié à Cassandre ; ils y trouvaient, dit Colletet, « plus de doctrine ; » ce qui prouve une fois de plus que doctrine n'est pas poésie. Les vers de la *Cassandre* sont en général heurtés, obscurs, et le commentaire qu'y ajouta Muret ne dut certainement pas être de trop, même pour les contemporains. Rémi Belleau et Nicolas Richelet commentèrent à leur tour les deux recueils de *Marie* et *d'Hélène*, qui, au contraire de leur aîné, auraient pu se passer de tant d'explications ; car c'est là, dans ces trois livres, que sont, sans contredit, les plus beaux sonnets du xvi⁰ siècle, peut-être même de toute notre littérature. Qu'on relise, entre autres, au

premier livre des *Amours d'Hélène*, la pièce
qui commence par ce vers :

Comme une belle fleur assise entre les fleurs,...

et au deuxième livre :

Il ne faut s'ébahir, disoient ces bons vieillards,...

et surtout l'admirable poëme : « *Quand vous
serez bien vieille*..., » que j'appelle le roi des
sonnets français. Tout connu qu'il soit, je ne
puis me défendre de le reproduire en son entier ; on ne saurait parler de Ronsard sans
citer au moins ces quatorze vers. J'y joins,
pour mettre la grâce auprès de la grandeur,
une délicieuse piécette des *Amours de Marie*.

Marie, levez-vous ! vous êtes paresseuse.
J'à la gaye alouette au ciel a fredonné,
Et jà le rossignol doucement jargonné,
Dessus l'épine assis, sa complainte amoureuse.

Sus ! debout ! Allons voir l'herbelette perleuse,
Et votre beau rosier de boutons couronné,
Et vos œillets mignons auxquels aviez donné,
Hier au soir, de l'eau, d'une main si soigneuse.

Harsoir, en vous couchant, vous jurâtes vos yeux
D'être plus tôt que moy ce matin éveillée :
Mais le dormir de l'aube, aux filles gracieux,

Vous tient d'un aoux sommeil encor les yeux sillée.
Cà, cà! que je les baise et votre beau tetin,
Cent fois, pour vous apprendre à vous lever matin.

———

Quand vous serez bien vieille, au soir, à la chandelle,
Assise auprès du feu, devisant et filant,
Direz, chantant mes vers et vous émerveillant :
Ronsard me célebroit du temps que j'étois belle.

Lors vous n'aurez servante, oyant telle nouvelle,
Déja, sous le labeur à demy sommeillant,
Qui, au bruit de Ronsard, ne s'aille réveillant,
Bénissant votre nom de louange immortelle.

Je seray sous la terre, et, fantôme sans os,
Par les ombres myrteux je prendray mon repos;
Vous serez au foyer une vieille accroupie,

Regrettant mon amour et votre fier dédain.
Vivez, si m'en croyez, n'attendez à demain;
Cueillez dès aujourd'huy les roses de la vie!

N'est-ce pas là un de ces chefs-d'œuvre dont Scaliger eût pu dire ce qu'il disait du « *Donec gratus eram,* » qu'il eût mieux aimé en être l'auteur que de posséder le royaume d'Aragon ? Ces quatorze vers valent, à mon gré, les plus beaux poëmes. On leur a comparé la chanson de Béranger : « *Vous vieillirez, ô ma belle maîtresse!* » Mais dans la chanson qu'y a-t-il ? Un beau début, rien de plus ; le souffle manque dès le troisième vers. Ici, au contraire, quelle puissance de souffle ! quelle touche magistrale d'un bout à l'autre ! Ce simple mot : *Vivez!* jeté là, brusquement, après le mélancolique tableau des douze premiers vers, est, à mon sens, d'une tristesse, d'une beauté sans égale. Il y a, en musique, de ces modulations soudaines qui vous émeuvent ainsi jusqu'aux larmes.

Le seul sonnet contemporain de Ronsard qu'on puisse, je crois, citer sans déchoir à côté du sien, est l'œuvre d'une main féminine : la belle cordière de Lyon, l'élève de Maurice Scève, Louise Labé en est l'auteur.

Si jamais la passion toute simple a égalé le génie dans sa plus haute magnificence, ce fut assurément le jour où la Sapho chrétienne soupira les vers qu'on va lire :

Tant que mes yeux pourront larmes épandre
A l'heur passé avec toy regretter,
Et qu'aux sanglots et soupirs résister
Pourra ma voix et un peu faire entendre ;

Tant que ma main pourra les cordes tendre
Du mignard luth, pour tes grâces chanter ;
Tant que l'esprit se voudra contenter
De ne pouvoir rien fors que toy comprendre,

Je ne demande encore point mourir.
Mais quand mes yeux je sentiray tarir,
Ma voix cassée et ma main impuissante,

Et mon esprit, en ce mortel séjour,
Ne pouvant plus donner signe d'amante,
Prirai la Mort noircir mon plus clair jour.

Autre sonnet amoureux. Celui-là est d'E=tienne Pasquier. Notez-y cette particularité, que les quatre mêmes mots servent de rimes

dans les deux quatrains. L'accroissement de
monotonie qui en résulte rend plus sensible
encore l'effet du rhythme, et marque mieux
l'opportunité et le charme des tercets. La
pièce est agréable, du reste; le dernier trait,
surtout, me paraît joli :

> *En mes amours, deux choses je désire :*
> *D'avoir autant de puissance sur toy*
> *Que tu en as, maîtresse, dessus moy;*
> *C'est le premier des souhaits où j'aspire.*
>
> *En ce défaut, pour le moins je désire*
> *D'avoir autant de puissance sur moy*
> *Que tu en as, maîtresse, dessus toy;*
> *C'est le second des souhaits où j'aspire.*
>
> *Par le premier, je me feray heureux*
> *Et jouiray de ce bien plantureux,*
> *Bien pour lequel sur toute autre je t'aime;*
>
> *Par le second, ne pouvant être tien,*
> *Je deviendray désormais du tout mien*
> *Et ne seray valet que de moy-même.*

Qui citerai-je encore de ce temps? L'ami
de Montaigne, La Boëtie, Jodelle, Amadis

Jamyn, La Péruse, du Bartas, Vauquelin de
la Fresnaye, Rémi Belleau, Rapin, Scévole
de Sainte-Marthe, tous poëtes renommés et,
par certains côtés, dignes de l'être. Lisez,
par exemple, ce sonnet-prière de Scévole de
Sainte-Marthe :

Seigneur, qui n'as borné l'étendue infinie
Que de soy-même prend ton immortel pouvoir,
Tu peux, et je te prî' qu'il te plaise vouloir
De Charles, jeune d'ans, favoriser la vie.

Garde son tendre corps de toute maladie,
Fais qu'heureux en ses faits France le puisse voir,
Conduis son noble esprit, et luy fais concevoir
De noblement régner la généreuse envie.

Fais que, de peu à peu en âge se haussant,
Il soit de plus en plus en honneur florissant,
Comme il en donne à tous un espoir manifeste.

Fais qu'en paix son royaume il gouverne ici-bas,
Et, quand il changera sa vie à son trépas,
Qu'il change son royaume au royaume céleste.

Il ne faudrait pas croire cependant, sur la
foi de ces divers modèles, que le Sonnet alors

visât toujours si haut et n'allât de pair qu'avec
l'Ode, l'Élégie ou l'Idylle. Un tel rhythme,
par sa concision forcée, par la rapidité de ses
strophes finales, semblait créé tout exprès
pour décocher un trait malin. Il était difficile
qu'on ne s'en aperçût pas dès l'abord ; c'est
ce qui arriva ,

Et du Bellay, quittant son amoureuse flamme,
Premier fit le sonnet sentir son épigramme [1].

En même temps que l'Épigramme, la Satire et ce que Colletet, dans son indignation,
appelle « les lasches vaudevilles et les noires
invectives », la louange la plus plate, le badinage le plus futile, les plus divers sujets,
joie ou deuil, fêtes princières, mascarades,
cartels, devises, épitaphes, tout fut bientôt
matière ou prétexte à sonnets ; l'improvisa-
tion elle-même s'en mêla , on eut des sonnets
in-promptu ; Jodelle, dit-on, y était de première force. Ayant la vogue, le petit poëme
dut effleurer tous les genres. Bien plus, il

---

[1] Vauquelin de La Fresnaye, *Art Poétique.*

devint, semble-t-il, un enjeu fréquent parmi les poëtes. Jean de la Péruse a, dans ses œuvres, un sonnet « perdu à la Rafle contre Antoine de Baïf; » Pierre de Brach termine ainsi un des siens :

Je paye ce sonnet que nous avons joué.

Et cette mode de jouer des sonnets durait encore au temps de Corneille. Parmi les douze ou quinze sonnets des *Œuvres diverses* du grand tragique, on en trouve un « perdu au jeu. »

Ce fut là l'excès ; contentons-nous d'en sourire. Pour ce qui est de la Satire et de l'Épigramme, n'en déplaise à Colletet, il faut louer les poëtes d'y avoir appliqué un rhythme qui s'y prête aussi merveilleusement.

Je cite, comme transition des sonnets graves qu'on a lus jusqu'ici au Sonnet-épigramme et d'invective, une gracieuse pièce, toute piquante et légère, de Passerat :

Rossignol, roy des bois, tourtereau solitaire,

Linottes et tarins, et vous, chardonnerets,
Gentils musiciens des champs et des forêts,
Qui vous plaignez du mal dont je ne puis me taire,

Donnez commun secours à un commun affaire ;
Plus heureux j'en seray, plus heureux vous serez ;
Ainsi, les trébuchets, les gluaux et les rets
Des traîtres oiseleurs ne vous puissent mal faire !

Je vous pri', mes mignons, et vous conjure tous,
Si vous reconnoissez un oiseau, parmi vous,
Que l'on appelle Amour, — c'est luy qui nous affole, —

Des ongles et du bec dont vous êtes armés
Bourrez le moy si bien et si bien le plumez,
Que jamais le cruel en nos cœurs ne revole !

Un joli exemple de sonnet-épigramme nous est fourni par ce même Jean de la Jessée, dont le sonnet en apostrophes nous a tout à l'heure fait demander grâce :

Lise se pare ainsi qu'une déesse,
Riche, pompeuse, et même les vendeurs,
Passementiers, orfèvres et brodeurs,
Sont empêchés pour l'orner de richesse.

Rien ne s'épargne afin que sa vieillesse
Soit moins notoire aux jeunes demandeurs ;
Tous les parfums, les drogues, les odeurs
Flattent ses ans et montrent sa mollesse.

Elle a beau s'oindre, elle a beau se farder,
Friser ses poils, ses gestes mignarder,
Encor voit-on sa laideur et son âge ;

Elle éprendra quelque sot damoiseau ;
Quant est ae moy, vu son brave pennage,
J'aimerois mieux la plume que l'oiseau.

Voici la satire chez du Bartas :

Ce roc voûté par art, par nature ou par l'âge,
Ce roc de Tarascon hébergea quelquefois
Les géants qui rouloient des montagnes de Foix,
Dont tant d'os excessifs rendent sûr témoignage,

Saturne ! grand faucheur, Temps constamment volage,
Qui changes à ton gré et les mœurs et les loix,
Non sans cause à deux fronts on t'a peint autrefois,
Car tout change sous toy, chaque heure, de visage.

Jadis les fiers brigands, du païs plat bannis,
Des bourgades chassés, dans les villes punis,
Avoient tant seulement des grottes pour asyles.

11.

Ores, les innocents, peureux, vont se cacher
Ou dans un bois épais ou sous un creux rocher,
Et les plus grands voleurs commandent dans les villes.

Satire encore, et des plus rudes, le beau
sonnet qu'Agrippa d'Aubigné écrivit au sujet
de l'abandon du chien Citron par Henri IV.
On y sent bien la griffe du Juvénal français :

Sire, votre Citron, qui couchoit autrefois
Sur votre lit sacré, couche orès sur la dure ;
C'est ce fidèle chien qui apprit de nature
A faire des amis et des traîtres le choix.

C'est luy qui les brigands effrayoit de sa voix
Et des dents les meurtriers. D'où vient donc qu'il endure
La faim, le froid, les coups, les dédains et l'injure,
Payement coutumier du service des rois ?

Sa fierté, sa beauté, sa jeunesse agréable
Le fit chérir de vous, mais il fut redoutable
A vos haineux, aux siens, pour sa dextérité.

Courtisans, qui jetez vos dédaigneuses vues
Sur ce chien délaissé, mort de faim par les rues,
Attendez ce loyer de la fidélité.

Toutes ces pièces que je viens de rapporter, dans des genres ou des tons divers, sont celles qu'entre tant d'autres j'ai crues les meilleures, jugeant à mon point de vue moderne. Mais il est bon de signaler aussi celles qui parurent les meilleures aux contemporains et qui eurent dans leur siècle la plus grande réputation. D'après Colletet, le sonnet dont Ronsard orna le frontispice de ses œuvres,

Va, livre, va, débouche la barrière, etc...

et cet autre, du même, sur les tragédies de Robert Garnier,

Le vieux cothurne d'Euripide
Est en procès avec Garnier,...

firent un grand bruit à leur naissance. De même, un sonnet que Baïf composa sur le sujet du *Roman de la Rose:*

Sire, sous le discours d'un songe imaginé,
Dedans ce vieil Roman vous trouverez déduite
D'un amant désireux la pénible poursuite,
Contre mille travaux en sa flamme obstiné....;

tous les curieux l'apprirent par cœur. Deux
ou trois sonnets de Desportes eurent aussi
une grande vogue. L'un, qui faisait les délices du duc d'Anjou, commence par ces
vers :

Cheveux, présent fatal de ma douce contraire,
Mon cœur plus que mon bras est par vous enchaîné,...

et se termine par ce tercet :

Mais voyez si d'amour je suis bien transporté,
Qu'au lieu de m'essayer à vivre en liberté,
Je porte en tous endroits mes ceps et mon coraage!

Tel était le goût du grand monde au xvi^e
siècle. Je ne sais si le grand monde du nôtre
l'a beaucoup meilleur.

Mais le sonnet de tous le plus fameux, en
ce temps-là, fut celui où Olivier de Magny
fait dialoguer un amoureux avec Caron.
Colletet nous apprend « qu'il n'y eut presque
point de curieux qui n'en chargeast ses ta-
blettes ou sa mémoire, » et que « tous les
musiciens de l'époque, jusqu'à Orlande de

Lassus, travaillèrent à l'envi à le mettre en
musique. » Car c'était une mode, alors, de
mettre en musique les sonnets, et ceux de
Ronsard, en particulier, eurent, presque
tous, les honneurs du dièse et du bémol.

Voici le chef-d'œuvre de Magny :

MAGNY.

Holà ! Caron, Caron, nautonnier infernal !

CARON.

Quel est cet importun qui, si pressé, m'appelle ?

MAGNY.

C'est le cœur éploré d'un amoureux fidèle,
Lequel pour bien aimer n'eut jamais que du mal.

CARON.

Que cherches-tu de moy ?

MAGNY.

Le passage fatal.

CARON.

Quel est ton homicide ?

MAGNY.

O demande cruelle!
Amour m'a fait mourir.

CARON.

Jamais, dans ma nacelle,
Nul sujet à l'amour je ne conduis à val.

MAGNY.

Hé! de grâce, Caron, conduis-moy dans ta barque.

CARON.

Cherche un autre nocher, car ni moy, ni la Parque
N'entreprendrons jamais sur le maître des dieux.

MAGNY.

J'iray donc malgré toy, car je porte aans l'âme
Tant de traits amoureux, tant de larmes aux yeux,
Que je seray le fleuve, et la barque, et la rame.

Cet engouement pour tel ou tel sonnet ne se borna pas toujours à la simple admiration. Il arriva parfois que le roi ou les princes ré-

compensèrent en belles pièces sonnantes ou
en riches bénéfices les heureux auteurs. On
cite, entre autres libéralités, cinq cents écus
donnés par Henri IV à Malherbe ; plus tard,
vers 1630, Richelieu paya trois mille livres
au poëte Achillini un sonnet italien sur la
prise de la Rochelle. Mais, de toutes ces ré-
compenses monnayées, les plus célèbres sont
celles qu'obtint Philippe Desportes : du favori Joyeuse, une abbaye pour un sonnet, et
du roi Henri III, un don de trente mille
livres.

« Desportes, dit M. Sainte-Beuve dans
son *Tableau du* xvie *siècle*, décoche à ravir
le sonnet, cette flèche d'or. » Et Colletet :
« Mais certes celuy qui, de son temps, effaça
tous les autres dans ce genre d'escrire, je
veux dire dans l'artificieuse contexture du
sonnet, ce fut Philippe Desportes, abbé de
Tyron, puisque ses sonnets amoureux pour
Diane, pour Hippolyte et pour Cléonice
plurent infiniment aux beaux Esprits de la
cour pour leur grâce naïve et par leur grande

et nouvelle douceur. » Ajoutons le témoignage de Vauquelin de la Fresnaye :

Desportes, d'Apollon ayant l'âme remplie,
Alors que notre langue estoit plus accomplie,
Reprenant les sonnets d'art et de jugement,
Plus que devant encore escrivit doucement.

Voilà qui est entendu : Desportes sut faire le sonnet. Presque toujours, chez lui, le vase est d'un grand prix, mais il faut reconnaître que la liqueur est parfois moins précieuse. Rien dans ses sonnets qu'on puisse, même de loin, comparer au : « *Quand vous serez bien vieille...* » Supérieur aux autres sonnettistes de son siècle, il reste, même sur ce point où la pureté de forme est si importante, au-dessous, très-au-dessous de Ronsard. Dans la pièce qu'on va lire, par exemple, la forme est d'une vigueur, d'une sévérité rare; on croirait des stances héroïques. Que chante cependant Desportes? Son *doux martyre*, sa captivité amoureuse. C'est Herminie dans l'armure de Clorinde :

Trois fois les Xanthiens au feu de leur patrie
Se sont ensevelis avec la liberté,
Et le vaillant Caton, d'un esprit indompté,
Afin de mourir libre est cruel à sa vie.

L'épouse de Syphax, du malheur poursuivie,
Fuit en s'empoisonnant le triomphe apprêté,
Et, d'un cœur aussi beau comme étoit sa beauté,
Mourut l'Egyptienne après être asservie.

Que pensé-je donc faire, ô chétif que je suis,
Chargé de mille fers, mais plus chargé d'ennuis,
Qui sens mon âme libre esclave être rendue ?

Il faut, il faut mourir! Je suis trop attendant.
Si ce n'est en Caton, ma liberté gardant,
Soit comme Cléopâtre, après l'avoir perdue.

Tel est l'effet fréquent de cette largeur de touche qui est une des qualités de Desportes. Trop souvent il y a disparate, et la noblesse de la forme ne sert qu'à faire paraître le sujet plus mesquin. Cette réserve une fois faite, ajoutons que le poëte nous offre, en revanche, bon nombre de sonnets irréprochables. Ainsi, entre autres, les deux suivants :

12

Celle à qui j'ay sacré ces fleurs de ma jeunesse,
Mes vers, enfants du cœur, mon service et ma foy,
Par qui seule j'espère, en qui seule je croi,
Des Jardins, c'est ma cour, ma reine et ma princesse.

Ceux qui sont altérés d'honneur ou de richesse,
Importuns, feront presse à la suite du roy;
Les biens et la grandeur que je brigue pour moy,
C'est de finir ma vie en servant ma maîtresse.

Tout ce qui vit au monde, au destin se rangeant,
Est serf de la fortune ou serf de son argent;
La peur le tyrannise ou quelque autre manie.

C'est une loy forcée. Or, quelle autre prison
Pouvoit plus dignement captiver ma raison,
Qu'une jeune déesse en beautés infinie?

—

Qu'on m'arrache le cœur, qu'on me fasse endurer
Le feu, le fer, la roue et tout autre supplice,
Que l'ire des tyrans dessus moy s'assouvisse,
Je pourray tout souffrir sans gémir, ni pleurer;

Mais qu'on veuille, vivant, de moy me séparer,
M'ôter ma propre forme, et, par tant d'injustice,
Vouloir que, sans mourir, de vous je me bannisse,
On ne sauroit, Madame, il ne faut l'espérer.

En dépit des jaloux partout je veux vous suivre.
S'ils machinent ma mort, je suis si las de vivre
Qu'autre bien désormais n'est de moy souhaité.

Je béniray la main qui sera ma meurtrière,
Et l'heure de ma mort sera l'heure première
Que de quelque repos çà-bas j'auray goûté.

Me trompé-je? Je crois qu'il y a là plus qu'une simple galanterie; la passion, le feu sacré éclaire ces deux sonnets, quelque chose comme une étincelle de cette flamme qu'eut, de nos jours, Musset. Voilà bien l'homme qui a le droit de s'écrier :

Qu'on ne me prenne pas pour aimer tièdement,
Pour garder ma raison, pour avoir l'âme saine:
Si comme une bacchante Amour ne me promène,
Je refuse le titre et l'honneur d'un amant.

Je veux toutes les nuits soupirer en dormant,
Je veux ne trouver rien si plaisant que ma peine,
N'avoir goutte de sang qui d'amour ne soit pleine,
Et, sans savoir pourquoy, me plaindre incessamment.

Ne vous semble-t-il pas entendre Musset

lui-même, — car ce nom de Musset me revient toujours à propos de Desportes [1], — s'essayer, murmurer d'une voix timide encore quelqu'une de ses chaudes melodies? Ne trouvez-vous pas, dans les quatrains du XVIe siècle, comme un prélude aux stances célèbres du poëte des *Nuits* :

Celui qui ne sait pas, durant les nuits brûlantes
Qui font pâlir d'amour l'étoile de Vénus,
Se lever en sursaut, sans raison, les pieds nus...?

Je cite enfin, pour en terminer sur Desportes, un dernier sonnet d'un autre ton que les précédents. La scène est toute gracieuse et le style — qu'on me passe le mot — pédestre; le trait final surtout me semble hors de pair :

Ah! mon Dieu! je me meurs! Il ne faut plus attendre

---

[1] En lisant, entre autres, ces quatre vers de la célèbre Villanelle à Rosette :

Où sont tant de promesses saintes,
Tant de pleurs versés en partant?
Est-il vray que ces tristes plaintes
Sortissent d'un cœur inconstant?...

De remède à ma mort, si tout soudainement,
Phylis, je ne te vole un baiser seulement,
Un baiser qui pourra de la mort me défendre.

Certes, je n'en puis plus, mon cœur ; je le vais prendre.
Non feray, car je crains ton courroux véhément.
Quoi ! me faudra-t-il donc mourir cruellement
Près de ma guérison qu'un baiser me peut rendre ?

Mais las ! je crains mon mal en pourchassant mon bien.
Le dois-je prendre ou non ? Pour vray, je n'en sais rien ;
Mille débats confus agitent ma pensée.

Si je retarde plus j'avance mon trépas.
Je le prendray. Mais non, je ne le prendray pas ;
Car j'aime mieux mourir que vous voir courroucée.

Comme, après le ton délibéré de la pièce, cette retenue soudaine, ce « vous » du dernier vers agrandit aussitôt l'horizon ! « Dans tout vers remarquable d'un vrai poëte, a noté quelque part Musset, il y a deux ou trois fois plus que ce qui est écrit. »

Après Desportes, « l'on peut dire — c'est Colletet qui parle — que le Sonnet dégénéra

12.

en quelque sorte entre les mains et par la négligence de Béroalde de Verville, d'Ollenix de Montsacré, de Guillaume du Buys, de Timothée de Chillac, d'Antoine de Nervèze, d'Abraham Vermeil, de Flaminio de Birague, de Cholières, de du Souhait, de La Valletrie et de quelques autres encore, puisqu'il n'y a presque rien de plus fade ni de plus rampant que leurs sonnets héroïques, ny mesme rien de plus froid que leurs sonnets amoureux. » Colletet a raison : toute cette queue de la Pléiade, comme toutes les fins d'école, n'offre guère au chercheur que l'affadissement des qualités, l'exagération des défauts des maîtres. L'histoire littéraire de notre pays, et des autres pays, je crois bien, nous montre constante cette marche décroissante après un grand mouvement et un réveil. « Bertaut, dit M. Sainte-Beuve, parlant de ce qu'il appelle la flèche d'or du Sonnet, ne la manie plus qu'à peine, rarement, et l'arc toujours se détend sous sa main. » Rien de plus vrai; j'excepte cependant de cet arrêt sévère deux tercets qui ne me semblent point à mépriser. On croyait, dit le poëte au roi Henri IV, que vous ne pourriez consolider votre trône qu'en tranchant des têtes,

Mais Dieu vous a fait prendre un chemin plus heureux,
Montrant par votre exemple aux princes généreux
Qu'un roy de qui sa main soutient le diadême

Détruit par sa valeur ses plus fiers ennemis,
Et puis, quand il les voit à son pouvoir soumis,
Détruit par sa douceur leur inimitié même.

Le ton est encore élevé et l'expression à la hauteur de l'idée; c'est encore là, je crois, une belle fin de sonnet. De même, chez Gilles Durant, Habert ou du Perron, pourrait-on signaler deux ou trois pièces. Mais il n'y en a pas moins décadence. Le genre, sous cette forme heureuse de la Renaissance, a pour longtemps disparu; il doit se transformer pour revivre. A l'influence de la Pléiade celle des Ruelles va succéder.

CHAPITRE III

LES RUELLES.

La période qui va faire l'objet de ce chapitre ne ressemble guère, il faut l'avouer, à
cette première période, si glorieuse, que nous
venons d'étudier. Avec moins de grandeur,
moins de mérite dans les œuvres, la vogue et
l'engouement furent poussés plus loin peut-
être. Il y eut, au XVIe siècle, plus de person-
nalité chez les écrivains; au XVIIe, la société
du temps fut plus mêlée à leur œuvre. L'influence, au XVIe siècle, vint de la Pléiade,
c'est-à-dire des poëtes eux-mêmes; au XVIIe
les Ruelles dominèrent, et les poëtes, si l'on

peut donner ce nom aux beaux-esprits de
cette époque, ne furent que les échos d'un
monde précieux et affété. Le chef incontesté
de la première école fut Ronsard; le nom du
héros de la seconde dit à lui seul toute la
chute : c'est Voiture. Malherbe sépare les
deux groupes, n'appartenant, à proprement
parler, ni à l'un ni à l'autre. Trop poëte pour
le groupe de Voiture, trop bel-esprit pour
celui de Ronsard, il s'éloigné de celui-ci
surtout par son manque absolu d'invention
et de verve, par la froideur, la sécheresse
d'une phraséologie voisine de la prose.

Quoi qu'il n'ait écrit qu'un petit nombre
de sonnets, dont les meilleurs encore sont
assez médiocres, il ne laisse pas d'avoir marqué sa trace dans l'histoire de cette forme de
poésie. C'est à lui, ou tout au moins à son
influence, qu'il faut rapporter les exigences
nouvelles, les étroites préoccupations qui
firent du rhythme une impossibilité et ne
contribuèrent pas peu à sa chute. La pente
d'alors était, du reste, à tout régler, il y avait

dans l'air comme un besoin d'ordre, et peut-
être Malherbe ne fit-il, après tout, que suivre
cet esprit de son temps, dont il est regardé
comme l'inspirateur. La raideur qu'il donna
au vers, si souple avant lui, les lois qu'il
édicta sur la césure, l'enjambement et la
rime, rejetèrent le Sonnet au rang de tour
de force. Les difficultés devinrent si nombreuses, furent si haut placées, qu'on ne vit
plus qu'elles; les vaincre fut désormais le
seul mérite et. le seul but. De là, le dédain
qu'affectèrent pour le Sonnet les grands
poëtes qui suivirent; de là, le rôle purement
mondain et de badinage auquel il fut réduit;
de là enfin, sa déchéance et sa ruine. Avant
Malherbe, il n'est guère parlé que de la
beauté, de l'agrément, de la « docte et plai-
sante » structure du poëme. Depuis Malherbe, le point principal, sur lequel chacun
insiste à l'envi, c'est l'effort acharné que cette
structure exige. D'après Godeau, le règne du
Sonnet n'est pas de ce monde; Balzac juge
moins pénible d'écrire deux ou trois cents

vers qu'un sonnet ; pour Boileau, un bon
sonnet est le phénix introuvable. Malherbe,
tout le premier, rebuté des obstacles créés
par lui-même, n'eut d'autre moyen d'en com-
penser la rigueur que de s'affranchir des
obstacles anciens.

« Il s'opiniâtra fort longtemps, avec un
nommé M. de Laleu, à faire des sonnets
licencieux [1], » c'est-à-dire où la règle des
mêmes rimes aux deux quatrains était violée,
et, à l'objection de Racan que « ce n'estoit
pas un sonnet si l'on n'observoit les règles
ordinaires de rimer les deux premiers quatrains, » il répondait d'un ton bourru : « Hé
bien ! si ce n'est un sonnet, c'est une sonnette. »
— « Toutefois, ajoute Racan, à la fin il s'en
ennuya, et il n'y a eu que Maynard, de tous
ses écoliers, qui a continué à en faire jusqu'à
sa mort. »

Je renvoie, pour Maynard, à un chapitre
spécial, ses sonnets n'étant pas, à vrai dire,

---

[1] Racan, *Mémoires pour la vie de Malherbe*, édition Janet,
1857.

des sonnets. Quelques-uns, certes, sont de fort beaux poëmes; mais, comme j'espère le démontrer en son lieu, par cette différence de rimes dans les deux quatrains l'effet musical du rhythme est absolument détruit.

Quant à Malherbe, je l'ai dit plus haut, ses meilleurs sonnets, réguliers ou autres, ne dépassent guère une médiocrité honnête. Balzac admire beaucoup celui que je vais citer, « il ne se peut rien voir, selon lui, de plus pur, de plus harmonieux ni de plus françois, » j'ajouterai, que Balzac me pardonne ! de plus sec, de plus terne, de plus compassé :

Beaux et grands bâtiments d'éternelle structure,
Superbes de matière et d'ouvrage divers,
Où le plus digne Roi qui soit en l'univers
Aux miracles de l'art fait céder la nature;

Beau parc et beaux jardins, qui, dans cette clôture,
Avez toujours des fleurs et des ombrages verts,
Non sans quelque démon qui défend aux hivers
D'en effacer jamais l'agréable peinture;

Lieux qui donnez aux cœurs tant d'aimables désirs,

13

Bois, fontaines, canaux, si, parmi vos plaisirs,
Mon humeur est chagrine et mon visage triste,

Ce n'est pas qu'en effet vous n'ayez des appas;
Mais, quoi que vous ayez, vous n'avez pas Caliste,
Et moi, je ne vois rien quand je ne la vois pas!

Que voilà qui est bien déduit! Quelle symétrie dans l'ordonnance! Quel solennel arrangement! Plainte d'amour, dites-vous? On
croirait plutôt la démonstration d'un théo-
rème. Faut-il s'étonner après cela si quelques-uns ont cru, comme le raconte Colletet,
« que le sonnet est une espèce de syllogisme
ou d'argument en forme ? »

Cette pompe raisonnée et raisonneuse est
le trait distinctif que nous aurons à noter
chez la plupart des poëtes qui vont suivre.
On compose mieux peut-être qu'au xvie siècle, on est plus fort en rhétorique ou en lo-
gique ; une seule chose manque : la poésie.
Colletet se trompe de moitié quand il proclame que, de son temps seulement, le Sonnet est arrivé à sa perfection. Perfection de

structure, soit. La maison est régulièrement bâtie ; mais le soleil n'y entre jamais.

Un curieux exemple du goût de l'époque pour la symétrie et les déductions méthodiques, c'est l'enthousiasme qu'excita, à son apparition (vers 1594, une douzaine d'années avant Malherbe), le fameux sonnet d'Honorat Laugier de Porchères sur les beaux yeux de la duchesse de Beaufort, maîtresse du roi Henri IV. La pièce, par son allure syllogistique et ses pointes, me paraît être, en quelque sorte, le dernier mot de l'ancienne école et le premier de l'école nouvelle. Ce n'est pas encore Voiture ; ce n'est plus Desportes : c'est à la fois, pourrait-on dire, le déclin de Desportes et l'aube de Voiture.

Ce ne sont pas des yeux, ce sont plutôt des dieux :
Ils ont dessus les rois la puissance absolue.
Dieux ? non. Ce sont des cieux : ils ont la couleur bleue
Et le mouvement prompt comme celui des cieux.

Cieux ? non ; mais deux soleils clairement radieux
Dont les rayons brillants nous offusquent la vue.

Soleils? non ; mais éclairs de puissance inconnue,
Des foudres de l'amour signes présagieux.

Car, s'ils étaient des dieux, feraient-ils tant de mal?
Si des cieux, ils auraient leur mouvement égal ;
Des soleils, ne se peut : le soleil est unique.

Éclairs, non ; car ceux-ci durent trop et trop clairs.
Toutefois, je les nomme, afin que je m'explique,
Des yeux, des dieux, des cieux, des soleils, des éclairs.

Tel est ce chef-d'œuvre dont la vogue durait encore en 1618, en plein Malherbe. Ajoutons toutefois, à la décharge des contemporains, que leur admiration paraît avoir été purement platonique. D'après le témoignage de Du Ryer, dans un sonnet qu'il adresse à Porchères, le pauvre homme n'eut pas tant à se louer d'être ainsi couvert de gloire : c'était à peu près son seul vêtement. « *Que tu perds bien ton temps,* » lui écrit Du Ryer,

Que tu perds bien ton temps de t'amuser à faire
De la prose et des vers pour plaire aux grands seigneurs !

. . . .

Que voilà de beaux vers, diront-ils pour te plaire ;
Porchères est tout seul favori des neuf Sœurs !
Mais, au sortir de là, implore leurs faveurs :
Tu n'auras d'eux sinon qu'un mépris pour salaire.

. . . .

Tu tires de ta veine, ainsi que d'une source,
Mille et mille beaux vers qui te font admirer,
Et tu n'as le pouvoir de leur faire tirer
Pour t'avoir un habit dix écus de leur bourse.

Il y a aussi, sur ce dénûment de la garde-
robe du poëte, toute une historiette de
Tallemant des Réaux.

Pour revenir aux faits décisifs — car le
succès passager de Porchères n'est qu'un
épisode isolé et sans conséquence, — nous
avons vu comment Malherbe, sans qu'on
puisse le rattacher à l'école de Voiture, contribua néanmoins, pour sa part, à l'amoin-
drissement du genre dans cette école qui
parut après lui. Mais l'influence du réformateur, limitée aux détails du rhythme, ne peut
être, après tout, qu'indirectement mise en
cause. L'influence principale, celle qui déter-

13.

mina non plus la forme mais le fond lui-
même, vint de la haute société d'alors ; ce
furent les Précieuses qui donnèrent le ton.
Durant trente années, de 1620 à 1650 environ, la Chambre bleue de l'Hôtel Rambouillet
fut le rendez-vous de tout ce qui aspirait au
renom de bel-esprit. Voiture, Gombault,
Racan, Godeau, Sarrazin, Malleville travaillèrent à l'envi pour la marquise et ses fami-
liers. Et ce n'était là que le cercle-modèle ;
les copies alentour ne manquaient point.
On comprend le rôle que le Sonnet dut jouer
dans un pareil milieu : il ne fut plus qu'un
amuseur. Sa vogue, un moment ralentie,
reprit, il est vrai, de plus belle ; il y eut
comme un réveil et une nouvelle période
d'éclat. Mais l'idéal n'était plus le même.
Écrites par des poëtes de ruelles pour être
lues aux ruelles et leur plaire, les œuvres n'eurent plus la spontanéité ancienne ; l'esprit
remplaça dans toutes la poésie, et la fadeur
la grâce ; toutes eurent ce commun caractère
que signale M. Guizot dans son étude sur

Corneille et son temps : « l'absence d'un sentiment vrai et sérieux, de cette inspiration puisée dans les objets mêmes, et qui les transporte tout entiers, d'abord dans l'imagination, puis dans les vers du poëte. »

La pièce suivante de Gombault, l'un des sonnettistes désignés au deuxième chant de l'*Art poétique*, me semble très propre à faire reconnaître ce manque de sincérité, et aussi l'affadissement du genre idyllique, si admirablement touché par les premiers maîtres :

Allons parmi les fleurs cueillir une guirlande
Afin d'en couronner la reine des beautés,
Soit Vénus, soit Phylis, à qui les royautés
Vont indifféremment présenter leur offrande.

Les Grâces et l'Amour seront de notre bande ;
Les Jeux et les Plaisirs suivront de tous côtés.
La saison nous appelle à mille nouveautés,
Et la rosée est chute et la moisson est grande.

Mais j'aperçois l'Amour qui nous a prévenus,
Et qui cherche Phylis qu'il préfère à Vénus.
Amour ! cruel Amour ! d'où vient que tu nous laisses ?

J'ois dans ta bouche un nom qui fait que je pâlis!
Prends ta route où les fleurs seront les plus épaisses:
C'est par là que sans doute aura passé Phylis.

Il n'est pas besoin de faire remarquer combien le dernier trait sent la manière et le bel-esprit. Jamais, en outre, au temps de Ronsard, un poëte tant soit peu renommé n'eût écrit ce vers :

La saison nous appelle à mille nouveautés ;

car, dans cette Pléiade qui ne fut parfois ridicule que pour vouloir être toujours sublime, et dont le chef ne savait reprocher à Bertaut que d'être un poëte « trop sage, » cette sagesse, qui devient si aisément de la platitude, était inconnue.

Voici, du même Gombault, un sonnet plus heureux :

De soin ni de mémoire, il n'en faut pas attendre
D'un sujet en amour si facile à changer ;
La nouveauté lui plaît, et son esprit léger
D'un seul de ses amants ne saurait se défendre.

Montrez-vous seulement : elle est prête à se rendre ;
Et pour elle un absent est comme un étranger ;
La foi, ni les serments ne peuvent l'obliger ;
Nul ne la peut garder et tous la peuvent prendre.

Mais son humeur s'accorde au commun jugement,
Que le monde n'est beau que par son changement,
Que le destin l'oblige à ces lois éternelles,

Que les désirs d'enfance accompagnent l'Amour,
Que pour être volage on lui donne des ailes,
Et qu'il vieillirait trop s'il durait plus d'un jour.

Notons, en passant, le croisement des rimes dans les deux tercets. Au xvi⁰ siècle, ces rimes étaient le plus souvent disposées comme il suit : aux deux premiers vers de chaque tercet, rimes plates, le dernier vers du premier tercet rimant avec le dernier vers du second. Cette disposition avait l'avantage de suspendre l'intérêt pour l'oreille en même temps que pour l'esprit, et de satisfaire l'une au même moment que l'autre. Mais il y avait aussi un inconvénient : à la longue, dans un grand nombre de pièces, le retour invariable d'une coupe si bien prévue devenait singulièrement monotone. Aussi, dès le début de la Pléiade, comme le montrent quelques-unes des pièces citées au précédent chapitre, on changea quelquefois l'ordre, et les rimes furent croisées de diverses autres façons, de celle-ci, par exemple : ce n'était plus le dernier des six vers, mais l'avant-dernier qui rimait avec le troisième ; la rime venait ainsi plus tôt qu'on ne l'attendait, on avait presque l'agrément d'une surprise. Le dernier vers rimait avec le quatrième.

C'est cette coupe, la plus rare au XVIe siècle, qui devint, au XVIIe, la plus commune. Toutes les pièces qu'on a lues jusqu'à présent dans ce chapitre et la plupart de celles qu'on y va lire encore ont leurs tercets ainsi rimés. Me trompé-je ? Il me semble voir dans le premier croisement quelque chose de plus grave, de plus majestueux, et dans le second, plus de malice. Que les poëtes en aient jugé de même, c'est au moins douteux. N'est-ce pas, cependant, une coïncidence étrange, que cette grande vogue du second rhythme date justement du temps où le Sonnet n'était plus guère qu'une des formes de l'Épigramme ou du Madrigal ?

Deux des sonnets, j'allais dire des madrigaux, qu'on cite le plus volontiers de cette époque sont ceux que composèrent Voiture et Malleville sur le sujet fameux de la Belle Matineuse. « Le premier poëte, dit Ménage dans sa dissertation à son ami Conrart, — car rien n'a manqué à la gloire de ces sonnets, pas même un historien, — le premier poëte qui a eu cette pensée de la comparaison de l'aurore ou du soleil avec une belle personne que l'on rencontre à la pointe du jour, est un certain Quintus Catulus, qui vivoit sur la fin de la République romaine, c'est-à-dire dans le siècle de la belle latinité. » Ménage cite les vers de Quintus Catulus; je les cite d'après lui :

Constiteram exorientem auroram forte salutans,
  Cum subitô laevà Roscius exoritur.

Pace mihi liceat, Cœlestes, dicere vestrà!
  Mortalis visu'st pulchrior esse deo.

C'est de cette jolie épigramme, ou plutôt
de la paraphrase qu'en fit l'Italien Annibal
Caro dans un sonnet resté célèbre, que sont
nées en France les nombreuses pièces connues sous ce titre : *la Belle Matineuse.*
« M. de Balzac, nous apprend Ménage, ayant
lu le sonnet du Caro avec plaisir et souhai-
tant de le voir en nostre langue, pria M. Voiture de le traduire. » Voiture s'en défendit
d'abord, le bon apôtre ! puis composa les vers
suivants :

Des portes du matin l'amante de Céphale
Ses roses épandait dans le milieu des airs,
Et jetait sous les cieux nouvellement ouverts
Ces traits d'or et d'azur qu'en naissant elle étale ;

Quand la Nymphe divine, à mon repos fatale,
Apparut et brilla de tant d'attraits divers
Qu'il semblait qu'elle seule éclairait l'univers
Et remplissait de feux la rive orientale.

Le Soleil, se hâtant pour la gloire des cieux,
Vint opposer sa flamme à l'éclat de ses yeux
Et prit tous les rayons dont l'Olympe se dore.

L'onde, la terre et l'air s'allumaient à l'entour.
Mais auprès de Phylis on le prit pour l'Aurore,
Et l'on crut que Phylis était l'astre du jour.

L'apparition du sonnet de Voiture fut le signal d'un véritable tournoi poétique entre les beaux esprits. Chacun voulut traiter un sujet si galant. Mais nul n'y réussit mieux que Malleville ; sa pièce, qui l'emporta dès ce temps sur celle de Voiture, nous paraît encore supérieure aujourd'hui :

Le silence régnait sur la terre et sur l'onde,
L'air devenait serein et l'Olympe vermeil,
Et l'amoureux Zéphyr, affranchi du sommeil,
Ressuscitait les fleurs d'une haleine féconde.

L'Aurore déployait l'or de sa tresse blonde
Et semait de rubis le chemin du Soleil,
Enfin ce dieu venait au plus grand appareil
Qu'il soit jamais venu pour éclairer le monde.

14

Quand la jeune Phylis, au visage riant,
Sortant de son palais plus clair que l'Orient,
Fit voir une lumière et plus vive et plus belle.

Sacré flambeau du jour, n'en soyez pas jaloux!
Vous parûtes alors aussi peu devant elle
Que les feux de la nuit avaient fait devant vous.

Ne sentez-vous pas, malgré le ton vraiment poétique de ce sonnet, tout ce qu'a perdu l'idée ingénieuse de Catulus à être ainsi délayée? Ce sont là de ces hyperboles qui passent quand on les exprime en quatre ou cinq vers, « sans peser, sans rester, » selon le mot d'un poëte moderne, mais qui deviennent à peine supportables dès qu'on appuie trop. Il y faut, en quelque sorte, plaire par surprise et ne pas laisser le temps de la réflexion. Boileau admirait, dit-on, la pièce de Malleville. Boileau n'avait pas tort, à ne considérer que la forme, et il n'y a guère autre chose à considérer, en effet, puisque le thème était imposé à l'auteur. Or, malgré les deux lignes de prose qui terminent le second quatrain, la forme dans ce petit poëme est vraiment des plus agréables. Faut-il que je l'avoue ? J'ai un faible pour Malleville. Il avait de l'esprit tout autant que Voiture, et, de plus que lui, le don lyrique. Soustrait à l'influence de l'hôtel Rambouillet, qui sait ? c'eût été peut-être un poëte. Mais ce bonheur lui a manqué, et il est resté le rival de Voiture ; le rival acharné, semble-t-il : où Voiture n'avait fait qu'un sonnet, Malleville en fit trois, trois Belles Matineuses ! Ménage les cite tout au long. Une seule a survécu ; c'est celle qu'on vient de lire.

Les autres poëtes dont il est parlé dans la dissertation à Conrart sont Tristan l'Hermite, Rampale, un certain Méziriac, et même, de l'époque précédente, Olivier de Magny, l'auteur du fameux dialogue entre un amoureux et le nocher des enfers. J'ajoute à ces noms celui de Gilles Durant, dont Ménage ne fait pas mention et qui a pourtant imité aussi le sonnet de Caro. Gilles Durant, comme Olivier de Magny, appartient à la première pé-

riode de l'histoire du Sonnet. C'est à lui que
la Satyre Ménippée doit l'une de ses meilleures pages : le *Regret funèbre sur le trépas
de l'âne ligueur.* Voici sa Belle Matineuse :

Je cheminay longtemps qu'il faisoit nuit encore
Sous la brune lueur de l'astre décroissant.
Mais au sortir du bois l'air devint blanchissant,
Et me tournant tout court, je vis le beau Phosphore.

Puis soudain, devant moy, vers le rivage More,
J'aperçus la beauté qui me rend languissant
Du haut de sa fenêtre à l'envi paraissant,
Qui luisoit pair à pair vis-à-vis de l'Aurore.

Je demeuray confus, voyant des deux côtés
Reluire également deux égales clartés,
Deux aubes, ce sembloit, qui se faisoient la guerre.

Ce duel incertain fit douter à mes yeux
Si ma Charlotte étoit l'Aurore de la terre
Ou si l'Aurore étoit la Charlotte des cieux.

Telle fut cette lutte, ou plutôt ce concours,
sur « la comparaison de l'aurore ou du soleil
avec une belle personne que l'on rencontre

à la pointe du jour, » lutte purement littéraire et circonscrite entre poëtes, bien différente de celle que nous avons à raconter
maintenant, à laquelle prirent part la Cour
et la Ville, on pourrait presque dire la
France entière.

Le galant Benserade, voulant faire hommage à quelque belle d'une traduction de Job
qu'il venait de publier, avait joint à son œuvre le sonnet-madrigal suivant :

Job de mille tourments atteint
Vous rendez sa douleur connue ;
Mais raisonnablement il craint
Que vous n'en soyez pas émue.

Vous verrez sa misère nue :
Il s'est lui-même ici dépeint.
Accoutumez-vous à la vue
D'un homme qui souffre et se plaint.

Quoi qu'il eût d'extrêmes souffrances,
On voit aller des patiences
Plus loin que la sienne n'alla.

14.

Il souffrit des maux incroyables,
Il s'en plaignit, il en parla :
J'en connais de plus misérables.

Tout alla bien d'abord : la pièce fut décla-
rée charmante. Mais un jour, une voix —
celle de la Discorde sans doute — s'avisa de
lui comparer le sonnet de Voiture à Uranie...,
et voilà la guerre allumée!

On était au lendemain de la Fronde. La
paix, si elle avait ramené l'ordre matériel,
n'avait pu encore calmer les esprits. Tout
était bon pour se quereller, et ce fut, sur
cette grave question des deux sonnets, une
bataille en règle, où personne n'eut la permission de rester neutre. Chaque armée eut
un chef : celle des Jobelins, le prince de Conti;
celle des Uranins, la belle duchesse de Longueville, ce qui faisait dire à un homme aimable du temps :

Le destin de Job est étrange,
D'être toujours persécuté,
Tantôt par un démon et tantôt par un ange.

De quelle grêle d'épigrammes, de petits vers et de bons mots, chacun des deux partis cribla l'adversaire, on l'imagine aisément. Tout ce qui avait un nom, tout ce qui tenait une plume était enrôlé. A peine, çà et là, de rares abstentions. C'est, par exemple, une des filles d'honneur de la reine, Mlle de La Roche du Maine, qui, pressée de choisir entre Uranie et Job, répond qu'elle se déclare pour Tobie. Une autre fois le grand Corneille lui-même, qui, excédé d'ouïr tant de bruit pour rien, lance aux belligérants ce joli sonnet :

> *Deux sonnets partagent la ville,*
> *Deux sonnets partagent la cour*
> *Et semblent vouloir tour à tour*
> *Rallumer la guerre civile.*
>
> *Le plus sot et le plus habile*
> *En mettent leur avis au jour,*
> *Et ce qu'on a pour eux d'amour*
> *A plus d'un échauffè la bile.*
>
> *Chacun en parle hautement,*

Suivant son petit jugement,
Et s'il y faut mêler du nôtre,

L'un est sans doute mieux rêvé,
Mieux conduit et plus achevé;
Mais je voudrais avoir fait l'autre.

Impossible d'être de meilleure composition. Mais il fallait être le grand Corneille
pour oser afficher une telle indifférence.
Scarron, Balzac, Conrart, Chapelain, Desmarets, la comtesse de Brégy, l'abbé Esprit,
Sarrazin, La Mesnardière, le prenaient sur
un bien autre ton. Les choses en vinrent à ce
point que la duchesse de Longueville elle-
même envoya, de guerre lasse, les deux sonnets à l'Académie de Caen, en la suppliant
« de mettre fin à un schisme qui avoit mis
en émoy tout le royaume. » On ne dit pas
quelle fut la décision de la docte assemblée.

De tant de tapage ce qui reste aujourd'hui,
c'est, avec l'épigramme de Corneille, une
grave dissertation de Balzac sur les deux
pièces rivales; la glose ingénieuse de Sarra-

zin (quatorze quatrains dont chacun se termine par un des vers du sonnet de Job), et enfin, car j'allais oublier le principal, les deux sonnets ennemis. J'ai cité celui de Benserade; voici celui de Voiture :

Il faut finir mes jours en l'amour d'Uranie;
L'absence ni le temps ne m'en sauraient guérir,
Et je ne vois plus rien qui me pût secourir
Ni qui sût rappeler ma liberté bannie.

Dès longtemps je connais sa rigueur infinie,
Mais, pensant aux beautés pour qui je dois périr,
Je bénis mon martyre et, content de mourir,
Je n'ose murmurer contre sa tyrannie.

Quelquefois ma raison, par de faibles discours,
M'incite à la révolte et me promet secours;
Mais lorsqu'à mon besoin je veux me servir d'elle,

Après beaucoup de peine et d'efforts impuissants,
Elle dit qu'Uranie est seule aimable et belle,
Et m'y rengage plus que ne font tous mes sens.

Comme il n'y a plus de schisme à craindre et que ce n'est plus pour des sonnets qu'on

se querelle dans notre siècle, j'avouerai bra-
vement qu'au poëme de Voiture comme à
celui de Benserade j'en préfère un troisième
que je m'en vais vous dire. L'auteur est
Pélisson; le titre : *A Daphnis , sur son
mariage :*

Un autre dépeindra dans de plus nobles vers
Les douceurs de tes feux et de ton hyménée,
Parlera des trésors dont ton âme est ornée,
Et te couronnera de lauriers toujours verts.

Un autre donnera mille éloges divers
A la jeune beauté qui fait ta destinée,
Et, l'ayant richement de gloire couronnée,
La montrera pompeuse aux yeux de l'univers.

Moi, qui pour ces desseins n'ai pas assez d'haleine,
Pour peindre ton bonheur et sa gloire sans peine,
Je dis ce qu'en tous lieux on en dit aujourd'hui:

Daphnis est bien heureux! son Amarante est telle
Que tout autre que lui serait indigne d'elle,
Comme toute autre qu'elle est indigne de lui.

Dans un ordre d'idées différent, Gomber-

ville, l'ami de Maynard, nous fournit le sonnet suivant qui ne me paraît pas non plus à
dédaigner. Port-Royal en est le sujet :

Cesse d'aimer le siècle et ses fausses maximes ;
Quitte un bien passager pour un bien éternel,
Et, t'offrant à ton Dieu par un vœu solennel,
Brûle du feu sacré qui brûle ses victimes.

Ne livre plus ton âme à l'auteur de tes crimes ;
Dépouille le vieil homme et son esprit charnel,
Et, fuyant les plaisirs d'un monde criminel,
Défends même à tes sens les plaisirs légitimes.

Lasse-toi d'irriter la colère des cieux ;
Cours à la pénitence et viens dans ces saints lieux
Où les cœurs n'ont que Dieu pour objet de leur flamme.

Mais n'attends pas de toi ces généreux efforts :
Si Dieu ne rend ton corps esclave de ton âme,
Ton âme est pour jamais esclave de son corps.

Du même auteur et du même style, un
sonnet sur l'exposition du Saint-Sacrement
eut en son temps quelque réputation. J'a-
voue, profane, n'en pas sentir la beauté. Le

trait final, tant vanté, sur la présence réelle ne paraîtrait, je crois bien, de nos jours, qu'une antithèse puérile, une miséfable pointe :

C'est assez que la foi montre aux yeux de ton âme
Ce qu'un peu de blancheur cache aux yeux de ton corps.

Aux deux époques de la vogue du genre, il y eut ainsi, à côté du sonnet mondain, tout un courant de poésie dévote et des recueils entiers de sonnets mystiques. Je cite, entre autres, au XVIe siècle, celui d'Anne de Marquetz, religieuse de l'ordre de Saint-Dominique : 380 *Sonnets spirituels sur les Dimanches et principales solennités de l'année ;* au XVIIe siècle, les *Sonnets chrétiens sur divers sujets,* de Laurent Drelincourt, pasteur évangélique à La Rochelle. « Ces sonnets sont fort pieux, écrit l'abbé Goujet, assez bien versifiés, exacts pour le dogme comme pour l'histoire, et je n'en ai pas vu un seul, ajoute le bon abbé, qui se ressente des erreurs du Calvinisme dans lesquelles M. Drelincourt étoit engagé. » Mais le plus fameux de tous ces sonnets religieux du XVIIe siècle, c'est, vous l'avez nommé, celui de Des Barreaux. Est-il bien de Des Barreaux ? Mystère ! Du moins, on le lui attribue communément. Ce Des Barreaux, après avoir été un grand pécheur, — pour parler le style qui convient, — se convertit, paya ses dettes, fit à ses sœurs l'abandon de son bien, et se retira à Châlons-sur-Saône, où il édifia chacun par sa fervente piété. Il y eut bien, çà et là, quelques méchantes âmes qui osèrent douter de la conversion ; mais personne ne douta du mérite du sonnet. Il fut imprimé et réimprimé, cité partout, partout connu, et sa beauté devint article de foi. Tout lettré sut par cœur le sonnet de Des Barreaux :

Grand Dieu ! tes jugements sont remplis d'équité ;
Toujours tu prends plaisir à nous être propice ;
Mais j'ai tant fait de mal que jamais ta bonté
Ne me pardonnera sans choquer ta justice.

Oui, mon Dieu ! la grandeur de mon impiété
Ne laisse à ton pouvoir que le choix du supplice ;

15

Ton intérêt s'oppose à ma félicité,
Et ta clémence même attend que je périsse.

Contente ton désir, puisqu'il t'est glorieux !
Offense-toi des pleurs qui coulent de mes yeux,
Tonne, frappe, il est temps, rends-moi guerre pour
                                            [*guerre !*

J'adore, en périssant, la raison qui t'aigrit.
Mais dessus quel endroit tombera ton tonnerre
Qui ne soit tout couvert du sang de Jésus-Christ ?

Il convient d'ajouter qu'avant Des Barreaux, Desportes avait traité le même sujet,
et que la pièce de Desportes n'était elle-
même qu'une imitation de l'Italien Molza.
Je transcris, pour qu'on puisse juger de ces
divers emprunts, d'abord le dernier tercet
italien :

Tu pace al cor, ch' egli è ben tempo, apporta,
E le gravi mie colpe, ond' io pavento,
Nel sangue tinte del figliuol tuo mira ;

puis le dernier tercet de Desportes :

Ne tourne point les yeux sur mes actes pervers,
Ou, si tu les veux voir, vois les teints et couverts
Du beau sang de ton fils, ma grâce et ma justice!

M. Sainte-Beuve parle avec dédain, dans son *Tableau du* xvie *siècle*, de ces retours pieux, de ces hymnes sacrés, de ces éternelles traductions de psaumes, œuvres de poëtes vieillissants et repentants. « Une fois arrivés sur le retour, dit-il, devenus abbés ou évêques, très-considérés, ces tendres poëtes amoureux ne savaient véritablement plus que faire : plus d'amour, partant plus de joie!... » Rien de mieux dit, ni de plus vrai. Il faut bien reconnaître, cependant, que, traduction ou création spontanée, cette poésie dévote, toute de surface et peu sincère qu'elle fût, produisit à peu près les seuls sonnets sérieux qu'ait vus naître le xviie siècle. On avait perdu le sens de cette grande poésie humaine dont s'inspiraient Ronsard et Louise Labé ; restait l'inspiration religieuse, qui, elle du moins, gardait sa grandeur.

Je parle, bien entendu, au point de vue de notre petit poëme seulement. Nous n'avons point à nous occuper ici de ces autres œuvres monumentales qui sont l'éternel honneur du siècle de Louis XIV, si ce n'est pour constater qu'elles portèrent au Sonnet les derniers coups. De plus en plus refoulé par elles dans les salons, de plus en plus indifférent au vrai public à mesure qu'elles naissaient dans leur pompe et leur gloire, il s'en allait par une pente fatale vers sa ruine. A peine, çà et là, une pièce vraiment personnelle et sincère se détache-t-elle sur ce fond continu de fadeurs et de sentiments factices. C'est, par exemple, la ferme et virulente apostrophe de Hesnaud à Colbert. Hesnaud, l'auteur du ridicule sonnet de l'*Avorton*, dont il sera parlé dans un autre chapitre, s'honora, comme La Fontaine, comme Madame de Sévigné, par son inébranlable amitié pour Fouquet. « *Ministre avare et lâche,* » écrit-il à celui qui contribua le plus à la perte du surintendant,

Ministre avare et lâche, esclave malheureux
Qui gémis sous le faix des affaires publiques,
Victime dévouée aux chagrins politiques,
Fantôme respecté sous un titre onéreux,

Vois combien des grandeurs le comble est dangereux;
Contemple de Fouquet les funestes reliques,
Et, tandis qu'à sa perte en secret tu t'appliques,
Crains qu'on ne te prépare un destin plus affreux.

Il part plus d'un revers des mains de la Fortune;
La chûte comme à lui te peut être commune:
Nul ne tombe innocent d'où te voilà monté.

Cesse donc d'animer ton prince à son supplice,
Et quand il a besoin de toute sa bonté,
Ne le fais pas user de toute sa justice.

On a remarqué cet admirable vers :

Nul ne tombe innocent d'où te voilà monté.

Le poëte s'y est souvenu, j'imagine, de cet autre beau trait de Maynard :

Et quand il plaît aux rois, l'innocence est un crime.

15.

C'est à propos du sonnet de Hesnaud qu'on attribue ce mot théâtral à Colbert. Un officieux, comme il y en a tant, lui ayant dénoncé la pièce, il demanda s'il n'y avait rien contre le roi. On lui dit que non. « Cela étant, reprit-il, je n'en veux point de mal à l'auteur. »

Citons encore, parmi les bons sonnets de ces jours de décadence quelques-unes des spirituelles boutades de Saint-Pavin. On sait son épigramme sanglante contre Boileau :

Silvandre, monté sur Parnasse
Avant que personne en sût rien,
Trouva Regnier avec Horace
Et rechercha leur entretien.

Sans choix et de mauvaise grâce
Il pilla presque tout leur bien ;
Il s'en servit avec audace
Et s'en para comme du sien.

Jaloux des plus fameux poëtes,
Dans ses satires indiscrètes
Il choque leur gloire aujourd'hui,

En vérité, je lui pardonne :
S'il n'eût mal parlé de personne,
On n'eût jamais parlé de lui.

Du même, une jolie pièce sur le départ d'une dame qui avait un vieillard pour amant :

Tel que votre humeur le souhaite,
Un bonhomme était votre amant ;
Il vous servait fidèlement ;
Sa flamme était pure et discrète.

Vous allez en être défaite :
Votre cruel éloignement
Va mettre dans le monument
Et son amour et sa lunette.

Amarante, ne tirez pas
Avantage de son trépas :
Peu de gloire vous en demeure.

Votre départ le fait périr.
Mais en le différant d'une heure,
De vieillesse il allait mourir.

Épigramme d'une malice très-fine et agréable. Mais quelle distance d'un pareil sonnet aux grands et nobles sonnets de la Pléiade! Et c'était là la fleur du panier! Ainsi, par cette fleur même, la décadence se montre, à ce moment de l'histoire du rhythme. Plus le siècle se faisait grand, plus lui se faisait petit. Il devenait tout juste l'égal du Triolet ou du Rondeau. Il y avait désormais les limites du genre qu'on aurait cru dépasser en chantant autre chose que l'*Avorton* ou « *La fièvre qui tient la princesse Uranie.* » C'était le temps où René Le Pays composait son sonnet « *Pour une belle personne à qui la gorge était venue depuis qu'elle était religieuse,* » où Sarrazin adressait à Rosanire ces quatorze vers qu'on dirait empruntés à Oronte :

Mon âme est prête à s'envoler.
La mort moins que vous inhumaine,
Dénouant pour jamais ma chaîne,
A la fin va me consoler.

En cet état, dois-je parler?
Et, sans mériter votre haine,

Puis-je vous déclarer la peine
Que le respect m'a fait céler ?

Non, vous m'en faites la défense,
Et n'ordonnez que le silence
A l'excès de ma passion.

Quelle cruauté, Rosanire !
Mourir sans dire son martyre,
C'est mourir sans confession.

On ne m'ôtera pas de l'idée que Molière songeait à ces vers en écrivant la scène du *Misanthrope*.

Je disais tout à l'heure que le Sonnet de ce temps n'était plus que le rival du Rondeau. Voici ce qu'on pourrait appeler une pièce justificative. Elle est signée Regnier–Desmarets :

Doris, qui sait qu'aux vers quelquefois je me plais,
Me demande un sonnet, et je m'en désespère.
Quatorze vers, grand Dieu ! le moyen de les faire !
En voilà cependant déjà quatre de faits.

Je ne pouvais d'abord trouver de rimes ; mais
En faisant, on apprend à se tirer d'affaire.
Poursuivons ; les quatrains ne m'étonneront guère,
Si du premier tercet je puis faire les frais.

Je commence au hasard, et, si je ne m'abuse,
Je n'ai pas commencé sans l'aveu de la Muse,
Puisqu'en si peu de temps je m'en tire si net.

J'entame le second, et ma joie est extrême,
Car des vers commandés j'achève le treizième.
Comptez s'ils sont quatorze, et voilà le sonnet.

On se souvient du rondeau de Voiture :

Ma foi ! c'est fait de moi, car Isabeau
M'a conjuré de lui faire un rondeau.....

C'est tout à fait la même pièce. Et voyez comme tout se découvre ! L'idée première n'appartient pas plus à Voiture qu'à Regnier Desmarets. Le sonnet de celui-ci, notamment, n'est que la traduction presque littérale d'un sonnet de Lope de Vega, ainsi qu'on le peut voir par ce dernier tercet du poëte espagnol :

Ya estoy el segundo, y aun sospecho
Que van los tres versos acabando,
Contad si son catorce. Ya es hecho !

Or, l'auteur de ce tercet mourut en 1635, et c'est vers 1637, comme je l'ai dit ailleurs, que Voiture commença à écrire des rondeaux. Son joli poëme n'est donc très-probablement qu'une imitation, soit de Lope de Vega, soit d'un autre Espagnol, car, avant Lope de Vega lui-même, Hurtado de Mendoza, qui vécut de 1503 à 1575, avait fait déjà un sonnet semblable [1].

Tels étaient les sujets qu'on empruntait maintenant aux étrangers. La mode était passée d'imiter leurs « graves sonnets, » comme s'exprimait Scévole de Sainte-Marthe; on ne leur demandait plus que leur badinage et leurs jeux d'esprit. C'était dans l'ordre.

---

[1] Toutes ces pièces sont citées dans l'ouvrage de M. Eug. Baret, dont il a été parlé au premier chapitre : *Les Troubadours et leur influence sur la Littérature du midi de l'Europe.* M. Baret signale deux autres imitations du même sonnet : l'une, anglaise, de Williams, auteur des *Règles de la Critique* ; l'autre, italienne, du cavalier Marin.

Qu'y avait-il désormais de commun entre le Sonnet et la poésie ? En vérité, on se souciait peu d'elle. Ah ! que l'on comprenait bien mieux les bouts-rimés !

Depuis longtemps déjà, une sorte de fou, l'abbé Dulot, les avait mis en honneur. Digne inventeur d'un tel exercice ! Il s'était plaint dans une compagnie qu'on lui eût dérobé trois cents sonnets. Quelqu'un s'étonnant du nombre, il expliqua que c'étaient des sonnets en blanc, dont il n'avait encore trouvé que les rimes. O trait de lumière ! Invention du génie ! Il n'en fallut pas davantage : chacun se mit à l'œuvre, se fit donner des rimes, remplit tant bien que mal les blancs, et voilà les bouts-rimés en vogue. On vit, en 1649, tout un recueil de ces sonnets imprimé. Sarrazin lui-même eut honte d'une telle folie, et publia contre elle, en 1654, son poëme de la *Défaite des bouts rimés.*

N'est-ce pas là un fait décisif ? N'est-il pas condamné le genre de poésie dont on abuse ainsi ? Comme un malade dont chaque signe de vie montre la fin de plus en plus proche, le Sonnet va, dès cette époque, de jour en jour s'affaiblissant. Il semble que chacune des manifestations du genre soit un indice plus sûr de la chute attendue. Voyez le, sous la plume de Madame Des Houlières, outrager grossièrement la *Phèdre* de Racine, combattre en faveur de Pradon, signifiant ainsi à tous son complet divorce avec la vraie poésie. Voyez le, raillé par Molière, se railler lui-même chez Scarron, instruire chacun du vide que recouvrait son apparente pompe, du peu de cas qu'on devait faire de lui. Le sonnet de Scarron pourrait servir d'épigraphe à toute cette partie de l'histoire du rhythme :

Superbes monuments de l'orgueil des humains,
Pyramides, tombeaux, dont la vaine structure
A témoigné que l'art, par l'adresse des mains
Et l'assidu travail, peut vaincre la nature;

Vieux palais ruinés, chefs-d'œuvre des Romains,
Et les derniers efforts de leur architecture,
Colysée, où souvent ces peuples inhumains
De s'entr'assassiner se donnaient tablature;

16

Par l'injure des ans vous êtes abolis,
Ou du moins la plupart vous êtes démolis ;
Il n'est point de ciment que le temps ne dissoude.

Si vos marbres si durs ont senti son pouvoir,
Dois-je donc m'étonner qu'un méchant pourpoint noir
Qui m'a duré deux ans soit percé par le coude?

Que dire après cela ? Le Sonnet se meurt, le Sonnet est mort. Abandonné d'abord par le public, puis peu à peu par les rimeurs eux-mêmes, il devient plus rare à mesure qu'on approche de la fin du xviie siècle. Du xviiie, il ne dépasse pas la première moitié. Lamotte, Jean-Baptiste Rousseau, Fontenelle en ont quelques-uns dans leurs œuvres. Puis c'est bien tout. Encore ceux de Lamotte sont-ils pour la plupart en bouts-rimés. De ceux de Fontenelle on a retenu le suivant :

Je suis, criait jadis Apollon à Daphné,
Lorsque tout hors d'haleine il courait après elle
Et lui contait pourtant la longue kyrielle
Des rares qualités dont il était orné,

Je suis le dieu des vers, je suis bel-esprit né.
Mais les vers n'étaient point le charme de la belle.
Je suis joueur de luth. Arrêtez! Bagatelle:
Le luth ne pouvait rien sur ce cœur obstiné.

Je connais la vertu de la moindre racine,
Je suis, par mon savoir, dieu de la médecine.
Daphné fuyait encor plus vite que jamais.

Mais s'il eût dit : Voyez quelle est votre conquête ;
Je suis un jeune Dieu, toujours beau, toujours frais,
Daphné, sur ma parole, aurait tourné la tête.

CHAPITRE IV

LE CÉNACLE.

Comme on a vu, en 1550, un groupe de poëtes autour de Ronsard rompre avec les traditions de l'âge précédent, et ce fut d'eux que vint la fortune du Sonnet, de même, dans notre siècle, le petit poëme dut son réveil, vers 1828, à cette autre Pléiade qu'on a nommée le Cénacle.

Moi, je veux rajeunir le doux sonnet en France,

écrivait l'un des personnages les plus illustres de ce nouveau groupe, Joseph Delorme. Rajeunir n'était pas le mot; c'est ressusciter qu'il eût fallu dire : depuis près de cent ans le rhythme avait complètement disparu. Est-ce bien réellement à Joseph Delorme, ou, pour l'appeler de son nom, Sainte-Beuve, qu'on doit attribuer le mérite de l'initiative dans cette œuvre de restauration du poëme? Je n'oserais l'affirmer. Mais, s'il n'y travailla pas le premier, ce que j'ignore, au moins y prit-il d'abord le rôle le plus en vue. Impossible de songer aujourd'hui à ces fameuses réunions du Cénacle chez Victor Hugo ou Charles Nodier, sans se rappeler aussitôt la strophe :

> *Sainte-Beuve faisait dans l'ombre,*
> *Douce et sombre,*
> *Pour un œil noir, un blanc bonnet,*
> *Un sonnet.*

Restaurer le Sonnet, c'était déjà, je vous le dis tout bas, presque faire œuvre de critique. Qui une telle entreprise pouvait-elle mieux tenter que Joseph Delorme ? Les inspirés, les poëtes de flamme, Hugo, Vigny ne s'en fus-

sent point avisés. Il y fallait « un maître plus
réfléchi, » pour emprunter un mot de Sainte-
Beuve lui-même [1]. « Le lyrisme de cette
époque, a-t-il dit quelque part, était un peu
solennel, volontiers religieux, pompeux
comme un *Te Deum* [2]. » Tous ces fiers mois-
sonneurs dans le vaste champ du xvie siècle
ne daignaient voir que les plus hauts épis.
Sainte-Beuve, les suivant, avec son fin
sourire, se baissait à demi pour cueillir la
fleur du Sonnet.

Cette renaissance du rhythme eut cela
d'heureux que, venue en un temps de révolte
contre le joug classique des Despréaux et des
Malherbe, elle laissa Voiture dans l'oubli. Le
Cénacle se rattache directement à la Pléiade,
comme si l'époque des Ruelles ne l'en sépa-
rait point. Il continue, « non pas le sonnet
fade, efféminé, énervé et à pointe des spirituels et minces Fontenelles, mais le sonnet

---

[1] Sainte-Beuve, *Causeries du Lundi*, XIV, art. *Th. de Banville*.

[2] Id., *Portraits contemporains*, I, art. *Alfred de Musset*.

primitif, perlé, cristallin de Pétrarque, de
Shakspeare, de Milton et de notre vieux
Du Bellay [1]. » Ronsard reprend son rang en
tête de cette Pléiade nouvelle. C'est de lui
qu'elle se réclame dès le premier jour ; c'est
Ronsard que, dès le premier jour, veut réha-
biliter celui qu'on a appelé le Du Bellay
du XIXe siècle [2].

A toi, Ronsard, à toi qu'un sort injurieux
Depuis deux siècles livre au mépris de l'histoire,
J'élève de mes mains l'autel expiatoire
Qui te purifiera d'un arrêt odieux.

Non que je puisse encore au trône radieux
Où jadis tu régnais replacer ta mémoire :
Tu ne peux de si bas remonter à la gloire.
Vulcain impunément ne tomba pas des cieux.

Mais qu'un peu de pitié console enfin tes mânes,
Que, déchiré longtemps par des rires profanes,
Ton nom, d'abord fameux, recouvre un peu d'honneur ;

1 Sainte-Beuve, *Causeries du Lundi*, XIV, art. *Th. de Ban-*
ville.

2 Sainte-Beuve.

Qu'on dise : Il osa trop ; mais l'audace était belle ;
Il lassa, sans la vaincre, une langue rebelle,
Et de moins grands depuis eurent plus de bonheur.

Ce qui rapproche encore le Sonnet moderne de celui de Ronsard et de Du Bellay, c'est qu'en 1830, comme au début de la Pléiade, cette forme n'était pas dans les habitudes du public. Elle fut choisie librement par les poëtes, et ce fut eux qui firent la loi, qui imposèrent au public leur préférence. Les œuvres y gagnèrent d'être plus personnelles; la vérité reparut dans l'art. Plus de marquises à amuser; plus d'influences de salons à subir; plus de ces comparaisons obligées « du soleil qui se lève avec les belles personnes que l'on rencontre à la pointe du jour. » Au feu, au feu le sonnet de Caro! Voilà revenus, comme au beau temps de Ronsard, les « graves sonnets de la docte Italie; » voilà retrouvée la note vraiment poétique et humaine. C'est tantôt quelque idylle discrète et familière, comme celle-ci, de Sainte-Beuve, d'après Wordsworth :

Les passions, la guerre, une âme en frénésie
Qu'un éclatant forfait renverse du devoir,
Du sang, des rois bannis, misérables à voir,
Ce n'est pas là-dedans qu'est toute poésie.

De soins plus doux la muse est quelquefois saisie ;
Elle aime aussi la paix, les champs, l'air frais du soir,
Un penser calme et fort mêlé de nonchaloir ;
Le lait pur des pasteurs lui devient ambroisie.

Assise au bord d'une eau qui réfléchit les cieux,
Elle aime la tristesse et ses élans pieux,
Elle aime les parfums d'une âme qui s'exhale,

La marguerite éclose et le sentier fuyant,
Et, quand Novembre étend sa brume matinale,
Une fumée au loin qui monte en tournoyant.

tantôt, quelque élégie poignante, comme ces beaux vers traduits de Pétrarque par Antony Deschamps :

APRÈS LA MORT DE LAURE.

La vie avance et fuit sans ralentir le pas,
Et la mort vient derrière à si grandes journées,
Que les heures de paix qui me furent données
Me paraissent un rêve et comme n'étant pas.

Je m'en vais mesurant d'un sévère compas
Mon sinistre avenir, et vois mes destinées
De tant de maux divers sans-cesse environnées,
Que je veux me donner de moi-même au trépas.

Si mon malheureux cœur eut jadis quelque joie,
Triste, je m'en souviens, et puis, tremblante proie,
Devant, je vois la mer qui va me recevoir ;

Je vois ma nef sans mât, sans antenne et sans voiles,
Mon nocher fatigué, le ciel livide et noir,
Et les beaux yeux éteints, qui me servaient d'étoiles.

Chacune de ces deux pièces n'est qu'une imitation, il est vrai, et même, la dernière au moins, une traduction presque littérale. Mais elles montrent bien, il me semble, ce que dut être ce premier travail de reconstitution du Sonnet : l'étude des grandes œuvres, l'enthousiasme pour elles, le besoin de faire partager cet enthousiasme aux autres. Tel était le ferment poétique qui existait alors, telle la pente à remonter aux sources pures. Qu'il était loin le temps des Précieuses !

Ainsi retrempé, ainsi rendu à sa vigueur et

à sa liberté première, le Sonnet retrouva promptement son ancien crédit auprès des poëtes et de leur public. A la suite des initiateurs, Sainte-Beuve, Charles Nodier, Ulric Guttinguer, Alfred de Musset, Émile et Antony Deschamps, la plupart des écrivains de la jeune génération propagèrent à leur tour la forme nouvelle. Parmi ceux-là, Barbier, Arsène Houssaye, Théophile Gautier, Gérard de Nerval, Félix Arvers, car le nom d'Arvers ne saurait être passé sous silence dans une étude sur le Sonnet. Ce nom d'un homme, dont les vaudevilles et les comédies sont aujourd'hui si oubliés, est devenu immortel grâce à deux quatrains et deux tercets. On dit désormais : le sonnet d'Arvers, comme on disait jadis : le sonnet de Des Barreaux. Ajoutons que, des deux, c'est le plus moderne qui justifie le mieux sa gloire. Si vous le savez par cœur, comme je le suppose, ne perdez pas cette bonne occasion de vous le réciter à vous-même; si, par hasard, vous ne le connaissez pas encore, hâtez-vous de réparer le temps perdu. J'envie le plaisir que je vous donne en le citant :

Mon âme a son secret, ma vie a son mystère,
Un amour éternel en un moment conçu.
Le mal est sans remède ; aussi j'ai dû le taire,
Et celle qui l'a fait n'en a jamais rien su.

Hélas ! j'aurai passé près d'elle inaperçu,
Toujours à ses côtés et pourtant solitaire,
Et j'aurai jusqu'au bout fait mon temps sur la terre,
N'osant rien demander et n'ayant rien reçu.

Pour elle, quoique Dieu l'ait faite douce et tendre,
Elle suit son chemin, distraite, sans entendre
Le murmure d'amour éveillé sous ses pas.

A l'austère devoir pieusement fidèle,
Elle dira, lisant ces vers tout remplis d'elle :
Quelle est donc cette femme ? et ne comprendra pas.

Une pièce dont on a aussi beaucoup parlé, parmi ces sonnets de la première date, est celle que M. Ulric Guttinguer adressa à une dame en lui renvoyant les œuvres de Voiture. L'auteur y peint Voiture, mais combien

17

embelli! Il l'avait lu comme lisent volontiers
les poëtes, en y mêlant quelque peu du sien.
Je cite cette jolie page d'un romantique qu'on
pourrait appeler le dernier des Uranins :

Voici votre Voiture et son galant Permesse;
Quoique guindé parfois, il est noble toujours;
On voit tant de mauvais naturel de nos jours,
Que ce brillant monté m'a plu, je le confesse.

On voit (c'est un beau tort) que le commun le blesse
Et qu'il veut une langue à part pour ses amours,
Qu'il croit les honorer par d'étranges discours;
C'est là de ces défauts où le cœur s'intéresse.

C'était le vrai pour lui que ce faux tant blâmé;
Je sens que volontiers, femme, je l'eusse aimé;
Il a d'ailleurs des vers pleins d'un tendre génie;

Tel celui-ci, charmant, qui jaillit de son cœur:
« Il faut finir ses jours en l'amour d'Uranie. »
Saurez-vous comme moi comprendre sa douceur?

On sent qu'il m'est difficile de reproduire
ici des poésies de contemporains dont les
œuvres sont dans toutes les bibliothèques,

sinon dans toutes les mémoires. Parlant à des modernes des sonnets de Sainte-Beuve, de Musset, de Barbier, de Théophile Gautier, je croirais malséant d'insister, quand deux mots suffisent : relisez ou souvenez-vous. N'est-ce pas, en effet, dans leurs beaux poëmes que la génération présente a pris l'amour du rhythme ? N'est-ce pas eux qui, à leur tour devenus modèles, ont suscité cette imposante légion de sonnettistes que nous avons vue naître de nos jours ? Il n'est guère de recueil, de ceux qui ont paru depuis 1850, qui ne renferme un nombre plus ou moins considérable de sonnets. Si l'on peut jusqu'alors signaler certaines abstentions, celles de Lamartine, de Victor Hugo, d'Alfred de Vigny, pour ne parler que des principales, en dernier lieu celle de Brizeux, elles se font de plus en plus rares à mesure qu'on approche du temps actuel.

Parmi les chefs de notre jeune école, il n'en est pas un, je crois bien, dont on ne puisse citer quelque jolie pièce en quatorze vers.

Louis Bouilhet, Baudelaire, MM. Leconte
de Lisle, Théodore de Banville, tant d'autres,
sans compter ceux qu'on pourrait appeler les
spécialistes, Boulay-Paty, Arnould, le comte
de Grammont, M. Joséphin Soulary, tous
ont été ou sont encore des maîtres en l'art du
Sonnet. Edmond Arnould, en particulier, n'a
jamais écrit que dans cette seule forme, et
c'est bien à elle, si je ne me trompe, que
M. Joséphin Soulary doit le plus clair de sa
réputation. Un tableau, un *quadro*, une impression traduite d'où ressort un sentiment
vrai, exprimé ou non par le poëte, mais qui
donne au lecteur un délicieux moment d'émo-
tion ou de rêverie, c'est là le Sonnet comme
le comprend, comme le pratique, en ses bons
jours, M. Soulary. Cherchez dans son volume,
ou dans vos souvenirs, l'*Amour fossoyeur*,
l'*Épouvantail*, l'*Oaristys*, les *Deux Cor-
téges*, et toutes ces pièces charmantes qui
prouvent si clairement qu'un sonnet peut
valoir les plus longs poëmes : toutes vous feront aussitôt songer au mot de Balzac :

Chef-d'œuvre en petit. En voici une, un peu inférieure, à mon gré du moins, mais qui va nous permettre d'observer une nouvelle combinaison de rimes dans les tercets :

Je fus un pauvre agneau, docile et résigné,
Adorant la brebis dans un culte candide,
Donnant avec ma laine un « merci » bien timide,
Et léchant le bourreau dont la main m'a saigné.

Vivant, je me crus bon; mort, je me vis stupide.
« Reprends un nouveau corps, dit mon ange indigné;
« Pour l'expiation l'Eternel a daigné
« Remettre au temps le fil que le sort te dévide. »

Et me voilà, d'un souffle, incarné dans un loup;
J'ai, pour me ruer droit au combat de la vie,
Une échine d'acier qui jamais ne dévie.

J'ai les chiens en pitié, les serpents en dégoût;
J'ai faim, j'ai froid, je mords, j'erre seul. Qu'on
                                              [m'assomme!
Je mourrai rude et fier; car l'agneau s'est fait homme.

Cette coupe des six derniers vers est une nouveauté, au moins en français. Je ne crois

pas qu'il y en ait d'exemples avant les sonnets
du Cénacle. Elle est fort usitée aujourd'hui.
Ce n'est autre chose, à proprement parler,
que le renversement — comme on dit en
musique — de la disposition la plus ordinaire au xvie siècle. Au xvie siècle, c'étaient
les deux premiers vers de chaque tercet
qu'on écrivait en rimes plates : ici, ce sont
les deux derniers. Dans chaque tercet, la
rime croisée est au premier vers, non plus au
troisième.

Souvent aussi, c'est la disposition du
xviie siècle qu'on renverse — j'emploie toujours le mot dans son sens musical. Le
deuxième tercet reste tel qu'on vient de le
voir dans le sonnet de M. Soulary ; mais au
premier toutes les rimes sont ainsi croisées :
le premier vers rime avec le troisième, et le
second avec le premier du tercet final. J'ai
dit que je croyais nouvelle la combinaison
précédente; celle-ci est simplement renouve-
lée des poëtes de la Renaissance. On a, en
effet, sur ce rhythme, quelques pièces de Ron-

sard et de Du Bellay, assez peu nombreuses toutefois. J'en compte deux chez Du Bellay, sept chez Ronsard, parmi lesquelles les deux sonnets célèbres :

Marie, levez-vous.. ..

qu'on a lu au chapitre de la Pléiade, et :

> *Je vous envoie un bouquet que ma main*
> *Vient de trier de ces fleurs épanies ....*

Les exemples sont aujourd'hui beaucoup moins rares. Entre tant d'autres, la pièce si connue de M. Théophile Gautier :

Vous partez, chers amis, la bise ride l'onde...

Je rappelle les deux tercets :

Au dos du vieux lion, terreur des matelots,
Vous allez confier votre barque fragile
Et flatter de la main sa crinière de flots.

Horace fit une ode au vaisseau de Virgile.
Moi, j'implore pour vous, dans ces quatorze vers,
Les faveurs de Thétis, la déesse aux yeux verts,

Tel est ce second renversement. Si vous lisez les rimes — car la rime seule est ici en jeu — en remontant du dernier vers au premier, vous retrouvez exactement la forme des tercets de Voiture.

Quelquefois encore, — pour en terminer sur ces coupes où se complaisent nos modernes, — le sixain final est tout entier en rimes plates, (il n'y a qu'un exemple de cette disposition chez Ronsard); ou bien, les tercets sont, comme les quatrains, sur deux rimes seulement, (Du Bellay, Desportes, Ronsard surtout ont employé cette forme). Dans les trois pièces, si souvent citées, du chef de la Pléiade,

Il ne faut s'ébahir, disaient ces bons vieillards...
Comme une belle fleur assise entre les fleurs...
Je veux lire en trois jours l'Iliade d'Homère...,

il n'y a que deux rimes aux tercets. Parmi nos sonnets contemporains, plusieurs de ceux de Musset, et non des moins beaux, sont sur ce modèle. Mais, en dépit d'autorités si hau-

tes, je persiste à croire que l'effet du rhythme
est d'autant plus vif que le contraste est plus
complet entre la monotonie des stances ini-
tiales et la variété des sons aux six derniers
vers. D'après quelque ordre régulier, quelque
dessin qu'en ces six vers les rimes se suc-
cèdent, si l'oreille n'y entend que deux sons,
comme elle n'a entendu que deux sons dans
les quatrains, soyez sûr que le charme dimi-
nue de moitié. Voici, par exemple, un très-
beau sonnet de M. de Grammont, et certes,
à une telle lecture, l'esprit ne peut être qu'en-
tièrement satisfait. Cependant, séparez,
comme vous pourriez faire d'un morceau
chanté, les paroles et la musique ; après avoir
admiré sans réserve le fond du poëme, por-
tez votre attention sur cette musique qu'on
appelle la rime; vous sentirez aussitôt la longueur de ces deux tercets monotones suivant
deux monotones quatrains :

Tout homme n'est pas né pour les sentiers faciles,
Pour le monde de l'homme à tous les pas ouvert ;

Il en est que Dieu fit pour rester au désert,
Qui n'aiment que l'air libre et les sentiers stériles.

Comme l'âne sauvage, ils méprisent les villes;
Le torrent les abreuve, et les bois au toit vert
Sont, avec le ciel vif, leur unique couvert;
L'ombre d'un joug répugne à leurs fronts indociles.

Arrêtés tout le jour sur le sommet d'un mont,
Ils ruminent en paix leur tristesse farouche,
Et les hommes de loin demandent ce qu'ils font.

Mais le Seigneur a dit : Malheur à qui les touche!
Leur exil m'appartient, inutile ou fécond,
Et c'est moi qui du mors ai délivré leur bouche.

Lisez haut et faites sonner la rime: il semble que les deux derniers vers soient de trop. Dès le quatrième, l'oreille satisfaite n'attend rien de plus. On se souvient de cette épigramme de Balzac que j'ai traduite en note au premier chapitre : il n'y a pas de sonnet parfait, dit Balzac,

Ni lectum legisse juvet, ni pruriat auris.

Tous ces poëmes aux tercets sur deux rimes ont beau charmer l'esprit et gagner même à une seconde lecture, le « *ni pruriat auris* » de l'épigramme est contre eux.

Bien d'autres combinaisons sans doute ont été essayées, celles-ci nouvelles, celles-là reprises, qui ont plus ou moins altéré le rhythme. Mais je n'oublie pas que mon dernier chapitre doit être intitulé : *Les Excentriques.* C'est là que nous passerons en revue la collection variée de tant de formes bizarres ou simplement exceptionnelles, qui, à l'exemple de la plupart des exceptions, ne servent qu'à mieux prouver la beauté de la règle. Là, nous trouverons réunis les sonnets excentriques de toutes les époques et de tous les genres, celui de Charles Nodier, tout entier sur deux rimes, aussi bien que l'irrégulier ou licencieux de Maynard, le sonnet-double de Jean de Boissière, comme le demi-sonnet de Pierre de Laudun, et même le fameux sonnet estrambote, que quelques uns tentent à présent d'introduire. Estrambote, retenez ce nom. Notre siècle occupera une belle place dans cette galerie des modifications du rhythme; car il n'en est guère d'un peu importante où le besoin du nouveau ne l'ait poussé. Le Sonnet a pris, de nos jours, à peu près toutes les formes et on peut ajouter tous les styles. Exceptons cependant le style funambulesque. J'ai cherché vainement une pièce de ce ton dans les deux recueils de M. de Banville. La plupart des sonnets des *Nouvelles odes* — il n'y en a pas un seul dans les premières — n'ont rien du tour de force ni de la parodie. Ce respect d'un tel maître ès-rhythme pour notre petit poëme est à noter.

La tendance, d'ailleurs, et le danger de l'heure actuelle, si danger il y a, ne sont point de ce côté de la raillerie et du badinage. Tant s'en faut. Il existe, née d'hier à peine, toute une grave école dont les poëtes seraient beaucoup plus justement appelés prophètes. S'ils prêtent parfois à rire, c'est sans le vouloir, croyez-le. Jamais Malherbe, jamais Louis XIV lui-même ne furent aussi solennels. Les moindres sujets ne vont plus guère sans une certaine emphase ténébreuse, dont on pourrait dire comme le Lucas de Molière : « Ça est si biau que je n'y entends goutte. » J'ai vu... Mais me voilà en matière délicate, où c'est assez d'avoir crié gare! sans trop pousser au fond des choses. Que répondrais-je, moi, chétif et sans nom, si quelque illustre de la race irritable me lançait à la tête un de ces néologismes terribles.....? Bon! Je reviens au Sonnet Estrambote!

CHAPITRE V.

LES EXCENTRIQUES.

Les sonnets qu'on a lus au cours des précédents chapitres sont tous parfaitement réguliers. Quelques dispositions de rimes que nous ayons cru devoir signaler dans les tercets, aucune d'elles n'altérait du moins ni une règle essentielle ni l'ordonnance générale du rhythme. Mais bien des modifications plus graves ont été essayées tour à tour, qui ont atteint ces règles nécessaires, soit les allégeant, soit en ajoutant d'autres, soit même changeant le nombre ou l'ordre des stances du poëme. Ce sont ces différentes modifica-

tions du Sonnet que, pour moins entraver la
marche du récit, j'ai mis en réserve à mesure que je les rencontrais à leur date, et
qu'on va retrouver maintenant, analysées,
classées, comme dans une galerie des curio-
sités du genre. Les unes sont excentriques
dans le vrai sens du mot, les autres simplement hors de la règle ou, si l'on aime mieux,
du centre. Ces explications n'étaient pas
inutiles pour bien préciser la signification
du titre et l'objet de ce chapitre complémen-
taire.

Les altérations qu'aux divers temps de sa
vogue le Sonnet a subies sont de trois sortes,
comme il vient d'être dit. Nous garderons,
pour plus de clarté, cette division naturelle,
et séparerons nettement les trois groupes :

> RÈGLES AJOUTÉES,
> RÈGLES RETRANCHÉES,
> CHANGEMENT DE STRUCTURE.

C'est par ce dernier groupe que je commence.

Il comprend : le *Sonnet-double,* le *demi-Sonnet,* le *Sonnet estrambote*, et ces petits poëmes qui datent aussi, je crois, de notre époque et que j'appellerai, si vous voulez bien, *Sonnets renversés,* où les tercets sont tantôt avant, tantôt entre les deux quatrains.

Sonnet-Double. — L'inventeur fut, selon Colletet, un certain Jean de Boissière, auvergnat, né en 1555. « Comme ce n'estoit pas un fort excellent poëte, dit l'historien de notre rhythme, cette nouveauté ne fit pas grande impression. » J'ajoute que depuis, en ce siècle, hélas! de vrais poëtes n'ont pas dédaigné de reprendre l'invention de Jean de Boissière. C'est plus d'honneur qu'elle n'en mérite. « L'auteur, pense excellemment Colletet, dont je ne puis mieux faire que de reproduire l'opinion, choquoit en ce poinct la maxime ordinaire des philosophes, qu'il ne faut point multiplier les estres et les choses sans nécessité. Comme si la gêne des quatre rimes des deux quatrains n'estoit pas assez grande ny peut-estre assez tyranni-

18.

que, il faisoit quatre quatrains de suite
avecque les mesmes rimes, si bien qu'au
lieu de quatre rimes seulement, il en em-
ployoit huit et faisoit les deux sixains de
mesme couleur, je veux dire tous deux en
mesme rime, ce qui estoit traînant au pos-
sible et, à mon gré, sans aucune grâce. » Un
exemple montrerait aussitôt tout ce qu'il y a
de juste dans cette critique de Colletet. Par
malheur, je le confesse, je n'ai jamais rien lu
de Jean de Boissière. Quant aux doubles-
sonnets, en fort petit nombre, que M. Soulary a glissés dans ses œuvres, ce sont, je
crois, de ces jeux de poëte sur lesquels il
serait de mauvais goût d'insister.

Sonnet Estrambote. — Colletet, qui n'ai-
mait pas qu'on multipliât les êtres, n'aurait
pas approuvé sans doute le Sonnet Estrambote. C'est d'hier seulement qu'il a fait son
entrée dans notre poésie. En quoi consiste-
t-il? A parler franc, je n'en suis pas bien
sûr moi-même. Toutes les pièces que j'ai
vues décorées de ce nom baroque ont trois

tercets, entendez un de trop; je n'en puis dire davantage. Peut-être, après tout, n'est-ce qu'un descendant du *Sonnetto con ritornello* dont il y a des exemples chez Pétrarque et quelques uns de ses compatriotes, (quinze, seize, dix-huit vers et plus). Colletet cite à ce propos un passage de l'*Apollon italien :* « S'il reste quelque chose du sujet que l'on ne puisse enclore dans les quatorze vers du sonnet, l'on peut adjouster quelques vers de plus à la fin. » Voilà ce que j'appelle un procédé commode.

Demi-Sonnet. — Après le double-sonnet, le demi-sonnet; c'était dans l'ordre. Comme toutes les bonnes mesures, le Sonnet eut son double et sa moitié. Un seul quatrain, un seul tercet, telle était la composition du nouveau rhythme. Étonnez-vous après cela que l'inventeur seul ait usé de son invention et que personne ne l'ait imité! Le nom et la biographie de cet inventeur : Pierre de Laudun, seigneur d'Aigaliers, juge temporel de l'évêché d'Uzès, mort de la peste au château

d'Aigaliers en 1629, auteur d'un *Art poétique* en cinq livres, de deux tragédies et de
deux poëmes, dont l'un épique, intitulé *la
Franciade.*

Sonnets renversés. — Rien pour l'oreille,
pas d'intention musicale appréciable dans
les modifications qui précèdent. Mais ici,
l'intention musicale est évidente. L'ordonnance du rhythme n'a été *renversée* que
pour produire un effet nouveau. Il y a deux
formes de ces renversements du Sonnet. Dans
l'une, les tercets séparent les quatrains, dans
l'autre, ils les précèdent. C'est celle-ci, la
moins heureuse à mon gré, que nous allons
étudier la première. J'emprunte un exemple
à M. Soulary :

Le Camoens naufragé, son livre entre les dents,
Péniblement luttait sur les gouffres mouvants
Où chaque vague enfante une vague plus haute.

Un alcyon, rasant tout près de lui la mer,
De temps en temps frôlait son front comme un éclair,
Et lui criait : « Courage, enfant ! Voici la côte !

« *Souvent j'ai vu l'amour épuiser son effort*
« *Dans les flots où d'Héro se lamente encor l'ombre ;*
« *Mais Léandre est vaincu ! Le génie est plus fort ;*
« *Sa foi creuse en sillon de feu la vague sombre.*

« *Va, nageur tout puissant ! La gloire est sur le bord !*
« *Plonge en cette autre mer aux orages sans nombre !*
« *Mais tu regretteras un jour celle où l'on sombre*
« *Tout entier dans l'oubli, tout entier dans la mort.*

Qu'il y ait effet produit, rien de moins
contestable ; mais cette musique est de celles
où l'on bâille. Les mouvements vifs pour finir
sont à ce point naturels que vous verrez toujours, dans un orchestre mal contenu, la mesure s'accélérer par degrés de la première à la
dernière note. C'est une faute, il est vrai,
mais qui vient d'une disposition générale
dont il faut savoir tenir compte. Exécutants
ou auditoire, tous s'animent peu à peu, tous
s'oublient, entraînés au courant du morceau.
Or, cet involontaire élan ne doit pas être
brusquement rompu sans motif. C'est ce que
savaient bien ceux qui ont inventé le Sonnet
régulier ; l'allure de leur exorde ne devait

faire que mieux goûter celle de leur péroraison, de cette péroraison si vive dont la rapidité va croissant jusqu'au dernier vers. Ici, au contraire, quelle marche à contre sens que ces quatrains pesants, monotones, après un début si léger! La mesure ralentie, l'auditeur déçu, voilà l'effet; pour le motif, j'avoue ne le pas voir. Il se peut, après tout, qu'en de certains sujets ce rhythme convienne, quelque élégie désespérée, par exemple, quelque scène bien lugubre; le plus sûr toutefois est de n'en pas abuser.

A titre de singularité, parmi ces sonnets où les tercets précèdent les quatrains, j'en signale un de Baudelaire où le premier tercet est tout en rimes féminines, le second tout en rimes masculines; trois rimes féminines et une seule masculine au premier quatrain, trois rimes masculines, une seule féminine au second. On trouvera la pièce dans les œuvres du poëte; elle débute ainsi :

C'est ici la case sacrée
Où cette fille très-parée... etc...

J'ai vu même, quelquefois, une seule rime au premier quatrain, une seule rime au second. Ce sont là des caprices qu'il suffit de noter en passant.

La seconde forme du Sonnet renversé est celle où les tercets sont entre les quatrains J'ai dit qu'elle me semblait beaucoup mieux trouvée que la précédente. On en pourra juger par ce modèle, emprunté encore à M. Soulary :

> *Voici l'hiver aux mains livides;*
> *Ses dents sans pain claquent de froid;*
> *Sa voix pleure comme un beffroi;*
> *Ce sont des fosses que ses rides.*
>
> *L'ennui bat nos fronts assombris;*
> *La brume abaisse le ciel gris;*
> *Adieu les horizons sans bornes!*
>
> *Comme un essaim d'oiseaux mouillés,*
> *Nos beaux amours éparpillés*
> *Rentrent au nid, frileux et mornes.*
>
> *Chaque hiver leur nombre décroît,*
> *Et le cœur, pour cacher ses vides,*

Retourne en vain ses plis arides :
Il se fait toujours plus étroit.

Ces rimes des quatre derniers vers ont je ne sais quel charme qui tient du souvenir. Elles ne nous sont point étrangères, mais bien plutôt familières et douces ; nous les reconnaissons, nous les avons entendues déjà. Où donc ? Au premier quatrain. C'est, après les tercets, que je ne puis mieux comparer qu'à une courte et habile variation, le thème qui reprend et s'achève dans le ton même où il a commencé. Notez qu'ici le ralentissement a sa raison d'être : ramenant la mesure première, il augmente l'effet du retour des rimes et contribue, pour sa belle part, à la sensation produite par cette mélancolique reprise. Un tel rhythme, il me semble, siérait bien moins au rire qu'aux larmes, et je ne crois pas qu'on en puisse tirer grand parti dans l'épigramme ni dans la satire ; mais pour la plainte, le regret, l'élégie, je n'en vois guère de mieux inventé.

Sous cette forme, aussi bien que sous la précédente, le Sonnet renversé date, en France au moins, de l'époque moderne. Ni Ronsard ni Voiture ne l'ont connu.

Je clos par lui la série de ces premières modifications de notre poëme. Toutes, on l'a vu, altèrent sa structure même, celles-ci le nombre, celles-là l'ordre des stances.

Dans la série qui va nous occuper maintenant, la structure, au contraire, est partout respectée ; il n'y a d'atteinte qu'aux règles de la mesure ou de la rime. Nous y verrons les poëtes, pour rendre leur tâche plus aisée, faire bon marché des lois dont la rigueur les gêne. C'est, peut-on dire, le groupe des insoumis. En tête figure Maynard, le grand artiste du rhythme indistinctement appelé :

Sonnet irrégulier, libertin ou licencieux.
— Ne vous effrayez pas de ces mots malsonnants : ils sont, au fond, moins méchants qu'ils n'en ont l'air. Pour un rimeur, être libertin, c'est en user librement avec des règles trop sévères ; licencieux, c'est ne pas fuir

la licence... poétique. Tallemant dit, parlant de Voiture : « Il faut avouer qu'il est le premier qui a amené le libertinage dans la poésie ; avant lui, personne n'avait fait des stances inégales, soit de vers, soit de mesure. » On sait en quoi consiste le Sonnet licencieux. Il ne diffère du Sonnet régulier qu'en ce que ses deux quatrains ne sont point sur les deux mêmes rimes. Maynard, pour s'excuser de violer ainsi perpétuellement la règle, alléguait deux raisons, nous apprend Colletet : « la première, que Malherbe avoit fait la mesme chose, et la seconde, que la rime estant d'elle-mesme si difficile, c'estoit une espèce de tyrannie de la vouloir doubler dans le Sonnet, qui lui sembloit plus libre et plus beau sans cette sévère contrainte. » Plus libre, oui ; plus beau, c'est justement la question. Colletet est, je crois, dans le vrai lorsqu'il ajoute : « L'oreille est tellement accoustumée à l'agréable cadence unisonne des deux quatrains du Sonnet, que les moins intelligens dans nostre art y trouvent insensiblement quelque chose à dire quand ce défaut s'y rencontre. Aussi, est-ce pour cela que cette sorte de sonnets libertins ont esté si justement condamnez de tout le Parnasse intelligent et raffiné, comme le remarque Paul Pélisson dans sa belle *Histoire de l'Académie françoise.* »

J'ai dit, au premier chapitre de cette étude, comment, dans le Sonnet régulier, les deux quatrains préparent et font attendre les tercets. Les quatrains de Maynard ont le tort de ne rien préparer; rien n'appelle, rien ne rend désirable ni un changement de rime ni un changement de stance; la pièce finirait comme elle a commencé que nul ne songerait à s'en plaindre. Tant admirable puisse être le Sonnet licencieux, un point lui manque : l'intérêt musical, l'allure symphonique, qui est le charme du rhythme ordinaire. C'est contre lui que le xviiie siècle eût eu raison de protester, c'est à lui que s'applique merveilleusement la phrase de Sautereau de Marsy : « Un bon sonnet est un certain nombre de

vers qui seraient tout aussi bons s'ils ne formaient pas un sonnet. » Pourquoi désormais
ces quatorze vers? Pourquoi ces tercets après
les quatrains? Des tercets! mais je n'y tiens
pas, je vous jure, je ne 'les attends pas avec
tant d'impatience. Que la pièce continue en
quatrains; ils sont assez variés, assez agréables pour que je m'en contente. Quel besoin
maintenant d'un nombre de vers déterminé?
Vous voulez rendre le Sonnet plus libre, et
vous ne vous apercevez pas que vous lui en-
levez sa seule raison d'être! S'il vous plaît
tant d'être libre, soyez-le donc tout à fait :
rompez aussi cette entrave du nombre, donnez l'essor à votre pensée. Car le seul but de
ce nombre et de cette coupe des vers était de
produire un effet musical, et, l'effet musical
détruit, le reste n'est plus qu'un jeu puéril.
A quoi bon garder l'apparence, quand on n'a
plus la chose elle-même?

Je me souviens qu'un jour, dans un cercle
d'intimes, comme on causait des sonnets de
Maynard et que j'avais de mon mieux sou-

tenu ma thèse, quelques-uns n'étant pas en-
tièrement convaincus, j'eus recours à une
expérience que je vous demande la permission de répéter ici. Elle réussit alors, c'est ce
qui m'encourage à la tenter encore. Je lus
d'abord, sans y rien changer, un sonnet de
Maynard; puis aussitôt je repris la même
pièce, mais en substituant au second quatrain une stance de ma façon, rimée suivant
la règle. La médiocrité même du quatrain
substitué devait être une preuve de plus en
ma faveur, puisque, même ainsi affaibli au
fond, le sonnet devenait plus agréable à entendre. C'était donc à la forme seule, à la régularité rétablie qu'il fallait attribuer l'aug-
mentation d'effet. Lisez haut et jugez. Voici,
pour commencer, le poëme de Maynard :

Rome, qui sous tes pieds as vu toute la terre,
Ces deux fameux héros, ces deux grands conquérants
Qui dans la Thessalie achevèrent leur guerre
Doivent être noircis du titre de tyrans.

Tu croyais que Pompée armait pour te défendre
Et qu'il était l'appui de ta félicité :

Un même esprit poussait le beau-père et le gendre;
Tous deux ont combattu contre la liberté.

Si Jules fût tombé, l'autre, après sa victoire,
Par un nouveau triomphe eût abaissé ta gloire
Et forcé tes consuls d'accompagner son char,

Je les blâme tous deux d'avoir tiré l'épée,
Bien que le ciel ait pris le parti de César
Et que Caton soit mort dans celui de Pompée.

Substituez maintenant au second quatrain,
je n'ose pas dire ces vers, mais ces rimes, puisque la rime seule est ici en cause :

Tu voyais en Pompée un défenseur sincère,
Et tu croyais ta gloire à l'abri dans ses rangs;
Un même esprit poussait le gendre et le beau-père;
Contre la liberté luttaient les deux parents.

Vous rendez-vous? Doutez-vous encore?
Oui? Hé bien! c'est ma faute, ma très-
grande faute! Vous vous serez trop attachés
au sens, pas assez à la rime. J'aurais dû m'at-
taquer à quelque autre pièce moins belle;

peut-être aurais-je été plus heureux. Mais
que voulez-vous ? Il fallait choisir, et j'ai pris
le meilleur : un chef-d'œuvre,

C'est que Maynard n'est pas un de ces
poëtes vulgaires qu'on peut impunément re-
toucher. Il a, dans son style fier, quelque
chose qui rappelle son contemporain Corneille. Son vers, toujours ferme et plein, dit
bien ce qu'il veut dire; on n'y saurait changer un mot. Bien supérieur à son ami Racan, il est, de tous les élèves de Malherbe,
celui qui, je le crois, fait le plus d'honneur à
son maître. Malherbe aussi, comme on l'a
vu, avait écrit des sonnets licencieux, et avant
lui Baïf et Ronsard. Mais c'est surtout depuis
Maynard que le rhythme occupa une grande
place parmi les variétés du Sonnet. On peut
dire qu'après lui le nombre des pièces irrégu-
lières alla croissant de jour en jour. A la fin
du siècle, l'une ou l'autre des deux formes
était presque indifféremment employée. Il
était naturel que, le Sonnet inclinant peu à
peu vers le badinage, on prît moins la peine

de s'asservir aux règles. Nos modernes, pourtant si sévères, n'ont pas été moins accommodants que les beaux-esprits, et nous ont rendu, avec le Sonnet, le Sonnet licencieux. Rare encore au temps du Cénacle, si même on l'y trouve, ce que je n'ai pas vérifié, il est devenu beaucoup plus commun aujourd'hui. Baudelaire, notamment, en a fait un fréquent usage. Parmi les poëmes du rhythme qui nous sont restés du xviie siècle, je rappelle surtout le sonnet d'Oronte :

> *Belle Phylis, on désespère*
> *Alors qu'on espère toujours,*

et le fameux sonnet de Hesnaud sur le sujet de l'*Avorton*. Dans ce dernier, non-seulement les quatrains n'ont pas les mêmes rimes, mais les vers n'ont pas tous la même mesure. C'est une irrégularité de plus qui fait de ce sonnet une variété nouvelle, baptisée par Colletet :

Sonnet Boiteux. — Ce fut, en effet, Guillaume Colletet qui donna le nom. « Cette

nouveauté, dit-il, parlant d'un de ses sonnets
où les vers sont d'inégale mesure, ne déplut
pas aux beaux-esprits de nostre temps, et de
Malherbe mesme que je fis rire un jour,
lorsque, m'entretenant avecque luy sur ce
sujet, je luy dis que, parmy tant d'enfants
que j'avois fait voir assez droits, il m'estoit
arrivé d'en faire seulement un boiteux, si
bien que cette sorte de sonnets furent dès
lors appelez boiteux ou rompus, ou qui clo-
chent d'un pied. » Je me borne, pour cette
irrégularité nouvelle, à donner comme
exemple la pièce de Hesnaud, en faisant remarquer toutefois que le Sonnet peut très-
bien *boiter* et n'être pas *licencieux*, c'est-à-
dire être en vers d'inégale mesure et avoir ses
quatrains sur les deux mêmes rimes. Dans
ce cas, le charme musical subsiste à peu près
tel que dans le Sonnet régulier. Voici le
poëme de Hesnaud :

Toi qui meurs avant que de naître,
Assemblage confus de l'être et du néant,

Triste avorton, informe enfant,
Rebut du néant et de l'être ;

Toi que l'amour fit par un crime,
Et que l'honneur défait par un crime à son tour,
Funeste ouvrage de l'amour,
De l'honneur funeste victime ;

Donne fin aux remords par qui tu t'es vengé,
Et, du fond du néant où je t'ai replongé,
N'entretiens point l'horreur dont ma faute est suivie.

Deux tyrans opposés ont décidé ton sort :
L'amour, malgré l'honneur, t'a fait donner la vie ;
L'honneur, malgré l'amour, t'a fait donner la mort.

Impossible de traiter plus galamment un
sujet plus triste. C'est le bel-esprit dans toute
son impudeur ; c'est le triomphe de l'antithèse et de la pointe. Racan, Maynard, Corneille ont aussi écrit des sonnets boiteux,
beaucoup meilleurs, je me hâte de le dire ;
on les trouvera dans leurs œuvres. De même
Colletet, le parrain du rhythme. Je n'en sais
point de notre temps ; mais qu'il n'y en ait,

ce n'est pas une preuve ; car je n'ai pas tout lu, vous vous en doutez bien.

Ces quelques libertés que nous venons de voir prendre aux poëtes ne sont pas les seules qu'ils se soient permises dans le Sonnet. Colletet conte qu'un jour, troublé par la nouvelle, heureusement fausse, du trépas de sa chère Claudine, il fit, sur ce malheur imaginaire, un sonnet dont il s'aperçut, après coup, que tous les vers étaient en rimes plates. Excusons-le, l'infortuné ! il ne savait plus ce qu'il faisait. Mais Colletet aurait pu ajouter qu'avant lui d'autres s'étaient donné cette licence. Voici notamment, sur ce modèle, un poëme vraiment remarquable d'un contemporain de Ronsard, Amadis Jamyn :

La noblesse périt avec la populace;
En tous endroits s'étend la dure coutelace;
Le fer n'espargne aucun, et les temples sacrez
Sont enivrez du sang des hommes massacrez.

Rien ne sert au vieillard l'honorable vieillesse
Pour garder qu'un soldat de son sang ne se paisse,

Et l'avare soldat ne se repent d'avoir,
Méprisant toutes loix, oublié son devoir.

Sur le seüil de la vie, on rompt les destinées
De l'enfant au berceau, du glaive assassinées,
Les petits innocents, quels crimes ont-ils faicts,

Qu'aussitost qu'ils sont nez, aussitost sont défaicts?
Mais, hélas! c'est assez de pouvoir à cette heure
Mourir, car aujourd'huy la mort est la meilleure.

Est-ce un sonnet? N'en est-ce pas un? Décidez. Pour moi, mon opinion est faite, et je réponds, allongeant un peu la conclusion de l'épigramme que vous savez :

Ce sont quatorze beaux vers, mais un sonnet, non pas.

Il doit suffire, après cela, de mentionner les deux ou trois sonnets en vers blancs de Baïf et de Du Bellay, un sonnet moderne tout en rimes féminines que j'ai vu, il y a quelques années, au premier volume du *Parnasse contemporain*, un autre sonnet de Du Bellay, tout entier sur les deux mêmes rimes. Charles Nodier, de nos jours, en a écrit un semblable.

Mais c'est là un accroissement de rigueur bien plutôt qu'une liberté prise. Passons donc au troisième groupe, le groupe des difficultés ajoutées. Les sonnets sur deux rimes y ont leur place naturelle.

Ce troisième groupe comprend, outre le *Sonnet sur deux rimes*, les *Sonnets serpentins, rapportés, retournés, leipogrammes, monosyllabiques, acrostiches, mésostiches, en losange, en croix de Saint-André*, etc..., auxquels on peut adjoindre les *Sonnets en bouts-rimés* dont il a été question au chapitre des *Ruelles*. La plupart des innovations de ce troisième groupe sont purement puériles et ne méritent guère d'arrêter le lecteur. Je les case cependant, chacune à son rang, avec étiquette et définition, citation même pour quelques-unes. C'est tout ce qu'on peut raisonnablement exiger. Les deux seules qui soient dignes d'un moment d'attention sont celles que j'ai nommées d'abord, le Sonnet sur deux rimes et le Sonnet serpentin. Il est juste de commencer par elles.

Sonnet sur deux rimes. — Même manque d'effet que dans le Sonnet licencieux, mais pour une cause tout opposée. Le manque d'effet, dans le rhythme si cher à Maynard, vient de la non-préparation des tercets par les quatrains. Ici, au contraire, la préparation existe : c'est le contraste attendu qui ne se produit pas. On compte, dans les tercets, sur des rimes plus variées, et, au lieu de cette diversité désirée, on n'a qu'un redoublement de monotonie. Je prends pour exemple la pièce de Charles Nodier :

ÉCRIT SUR L'ALBUM D'ÉMILE DESCHAMPS.

Mon nom parmi leurs noms! Y pouvez-vous songer?
Et vous ne craignez pas que tout le monde en glose?
C'est suspendre la nèfle aux bras de l'oranger,
C'est marier l'hysope aux boutons de la rose.

Il est vrai qu'autrefois j'ai cadencé ma prose,
Et qu'aux règles des vers j'ai voulu la ranger;
Mais sans génie, hélas! la rime est peu de chose,
Et d'un art décevant j'ai connu le danger.

Vous, cédez à la loi que le talent impose;
Unissez, dans vos vers, Soumet à Béranger,
Et l'esprit qui pétille à la raison qui cause.

Volez de fleurs en fleurs, comme, dans un verger,
L'abeille qui butine et jamais ne se pose.
Ce n'est qu'en amitié qu'il ne faut pas changer.

Sonnet Serpentin. — Rien que de très-régulier et même de très-gracieux dans ce petit poëme. Voici ce qu'en pense Colletet, dont l'opinion me paraît encore la bonne : « Je trouve une autre sorte de sonnets que l'on peut appeler serpentins, *anguineos versus,* pour ce qu'à l'imitation du serpent, ils semblent tout-à-fait retourner en eux-mesmes, et finir par où ils ont commencé. Ceux-cy ont, à mon gré, je ne scay quoy d'agréable qui se sent de l'ancien rondeau françois ou de l'antique triolet. » Et Colletet cite le premier et le dernier vers de la jolie pièce de Du Bellay, qu'on va lire :

Si tu veux vivre en court, D'Illiers, souvienne-toy
De t'accoster tousjours des mignons de ton maistre,
Si tu n'es favory, faire semblant de l'estre,
Et de t'accommoder au passe-temps du Roy.

Souvienne-toy encor' de ne prester ta foy
Au parler d'un chacun; mais surtout sois adextre
A t'aider de la gauche autant que de la dextre,
Et par les meurs d'autruy à tes meurs donne loy.

N'avance rien du tien, D'Illiers, que ton service,
Ne monstre que tu sois trop ennemy du vice
Et sois souvent encor muet, aveugle et sourd.

Ne fay que pour autruy importun on te nomme :
Faisant ce que je dy, tu seras galland homme.
T'en souvienne, D'Illiers, si tu veux vivre en court.

Sonnet rapporté. — Colletet, parlant du Sonnet rapporté : « Après tout, je ne croy pas que nostre poésie françoise en soit beaucoup plus heureuse, ny plus riche, puisque c'est un travail fort laborieux et qui n'est pas de grande édification. » Ici, je renchéris sur la sentence du juge; il me paraît décidément trop doux. Casse-tête, jeu d'enfant, indigne d'un écrivain qui se respecte, voilà ce qu'est le Sonnet rapporté. Il consiste à construire sa phrase de manière qu'il y ait autant de sujets que de régimes, d'attributs et de verbes, et que chaque mot d'une de ces catégories ait, dans l'autre, son correspondant. Exemple, ce sonnet que Colletet n'est pas loin d'approuver :

De fer, de feu, de sang, Mars, Vulcain, Tisiphone,
Bastit, forgea, remplit, l'âme, le cœur, la main,
Du meurtrier, du tyran, du cruel inhumain
Qui meurtrit, brûle et perd la Françoise couronne.

D'un Scythe, d'un Cyclope et d'un fier Lestrygone
La cruauté, l'ardeur et la sanglante faim
Qui l'amène, l'échauffe et conduit son dessein,
Rien que fer, rien que feu, rien que sang ne résonne.

Qu'il puisse par le fer cruellement mourir,
Ou par le feu du ciel horriblement périr,
Et voir du sang des siens la terre estre arrousée !

Soit rouillé, soit esteint, soit séché par la paix

20.

Le fer, le feu, le sang, cruel, ardent, espais,
Qui meurtrit, brûle et perd la France divisée!

Torturez-vous, mettez-vous la cervelle à l'envers, et vous arriverez peut-être à débrouiller le sens. Mais est-ce bien la peine? Voici encore, d'un poëte du xvie siècle, Christophe de Beaujeu, un sonnet que je range parmi les rapportés, sans en être bien sûr toutefois, car j'avoue, en toute franchise, n'y rien entendre. Mais c'est là précisément le beau du Sonnet rapporté. Il faut, pour le comprendre, plus de travail que pour l'écrire :

Ganymède, Uranie, Io, Laede, Léandre,
Eton, Myrte, Æneas, Taonice, Thétis,
Elucie, Danaë, Erigone, Urotis,
Actéon, Udamie, Dorilée, Evandre,

Le ciel, les nourrissons, Jupiter, l'herbe tendre,
Les flots, le feu, l'enfant, la mort, le roc Crétis,
L'essourdement, les fleurs, l'or, l'enfer, le tapis,
Les chiens, l'horreur, les nuits, contents les ont pu rendre.

Moy, Ixion, sans elle absent, d'elle martyre,

Je ressemble celuy qui à la chaîne tire
Luy, sa rame, sa nef, sur des rocs périlleux.

Je fay ainsy de moy, n'aimant que l'espérance;
J'aime un monde de gens, une sujette enfance.
Qu'en dites-vous? Ne suis-je en amour malheureux?

Sonnet retourné. — Sonnet dont chaque
vers prend un sens contraire quand on le retourne et qu'on commence par le dernier mot.
Pasquier, paraît-il, s'était rendu coupable, il
s'en accuse lui-même, de plusieurs pièces de
cette sorte. Celle qu'il cite, dans ses *Recherches de la France*, commence par ce vers :

Ton ris, non ton caquet, ta beauté, non ton fard,...

qui donne, étant retourné : « *Ton fard,
non ta beauté*, etc.... »

Sonnet leipogramme. — Leipogramme,
c'est-à-dire où une lettre est omise. Ni plus ni
moins que le sublime du genre. Pour qu'un
sonnet soit leipogramme, l'unique condition
est qu'il y manque une des lettres de l'alpha-
bet. Lire ne suffit plus : il faut épeler. Le
plus grand écrivain de cette littérature est un

certain Salomon Certon, qui traduisit aussi Homère en vers français. Le recueil de ses poésies leipogrammes est de 1620. Il est à croire que ce fut avant leur publication qu'un flatteur fit sur lui ce vers invraisemblable :

Car Homère est Certon, et Certon est Homère!

Sonnet monosyllabique. — Le sublime du genre? Non, ce n'est pas le Sonnet leipo-gramme, mais bien plutôt le Sonnet monosyl-labique; car tous ces poëmes se disputent la palme. Ici, la définition me paraît inutile; un exemple suffit. Je l'emprunte au capitaine Lasphrise ou plus modestement Marc de Papillon, rimeur et guerrier, né en 1555. Ce capitaine Lasphrise n'était pas, à tout pren-dre, un si méchant poëte qu'on le pourrait penser; j'ai vu de lui d'excellents vers, entre autres, ces deux fort beaux qui terminent un sonnet :

Il n'est que d'estre franc; le cœur trompeur s'abuse;
La plus belle finesse est d'estre homme de bien.

Mais c'est de vers monosyllabiques et non de beaux vers que j'ai à parler. Voici l'exemple promis :

Si je n'y suis, lors mon tout ne m'est rien;
Mon œil plein d'eau de maux me fond en pleur,
Et si c'est là le beau but de mon heur,
Que je tiens cher, car c'est mon plus grand bien.

Long tems y a que je me dy fort tien,
Et je n'en ay que fers, que feu au cœur;
Mais las! je crains, par ma foy, j'en ay peur,
Que ton sang vif ne soit onc joint au sien.

Or, soit ou non, je te veux, je te prends;
Ton teinct sans fard plaît au jour de mes ans,
Et ton beau corps, si coint, si gay, si doux.

Dont je te quiers, si pour mon fiel, mon deuil,
L'on me faict tort, un clin de ton bel œil
Met tost à bas le plus dur de mes coups.

Des Sonnets *acrostiches, mésostiches, en losange, en croix de Saint-André,* rien à dire; c'est assez d'en rappeler les noms. Un joli échantillon de toutes ces formes amalga-

mées est donné par M. Asselineau dans son
Histoire du Sonnet. Je vous y renvoie,
n'ayant pas envie d'user mon temps ni le
vôtre à l'examen sérieux de pareilles bille-
vesées.

On l'a pu remarquer, dans tout ce troisième
groupe qui justifie si bien l'épithète d'excen-
trique, il a été peu question des modernes.
C'est qu'en effet, si l'on excepte le Sonnet sur
deux rimes et le serpentin, aucune de ces
créations bizarres ne fut autre chose que le
caprice d'un moment, une tâche prise à plaisir
par quelque rimeur en quête de difficultés
nouvelles, et dont personne n'eut garde d'ac-
cepter la charge après lui. Toutes ces innovations parurent au xvie siècle, après l'élan de
la Pléiade, et disparurent presque aussitôt.
C'était justice : toutes sont dignes de l'oubli,
et je ne vous y aurais même pas arrêté, n'était
que, leurs noms venant à vous tomber quelque
jour sous les yeux, un mot d'explication peut
ne vous être point inutile. De même, si vous
rencontrez jamais dans vos lectures ces deux

noms étranges : *Sonnets revêtus*, *Sonnets nus*, vous saurez que ce sont simplement des sonnets avec ou sans commentaires, qu'un original, Pierre Davity, né à Tournon en 1573, trouva charmant d'appeler ainsi. N'oublions pas enfin, comme curiosité dernière, un *sonnet latin*, car il y eut, au xvi° et au xvii° siècle, des sonnets en latin, rimés ni plus ni moins que nos sonnets français. Celui qu'on va lire est imprimé en tête des tragédies de Sénèque commentées par Thomas Farnabe, (*Leyde*, *Daniel Elzevier*, 1678.) L'auteur est Hugo Grotius, le célèbre savant Hollandais :

Vitæ scena magistra singularis,
Scenæ vita Tragœdus ; in tragœdis
Lux primæ Seneca est suprema sedis :
Qua Tu lux Senecæ simul locaris.

Das stellis supereminere claris,
Tanquam ardentibus undecunque tedis,
Et mendis Tragici medere fœdis ;
Nostris unde nepotibus canaris.

Lugdunum neque te modo Batavis,
Londinumve suis legat Britannis,
Urbem æternus utram tenere mavis :

Cunctis quin legitor locis et annis,
Nec linguis hominum ferire pravis,
Et cedat tibi temporum tyrannis.

Je clos, sur ce latin, cette longue nomen-
clature. J'ai assez critiqué, assez parlé des
fautes des autres : il ne me reste plus qu'à
demander grâce pour les miennes.

INDEX ALPHABÉTIQUE

DES AUTEURS ET DES PERSONNAGES CITÉS.

Achillini. 131.

Aimery de Peguilhem. 96.

Anjou (duc d'). 128.

Arnauld Daniel. 91, 96.

Arnould (Edmond). 196.

Arrigo. 97.

Arvers (Félix). 192.

Asselineau. 80, 81, 238.

Aubigné (Agrippa d'). 126.

Augier Gaillard. 111.

Augustin (St). 87.

Bachaumont 57, 58, 61.

Baïf. 109, 123, 127, 223, 228.

Balzac. 81, 83, 143, 145, 156, 164, 196, 202.

Banville (Th. de). 33, 45, 73, 187, 188, 196, 204.

Barbier (Auguste). 192, 195.

Bardus. 88.

Baret (Eugène). 97, 98, 179.

Baude (Henri). 16, 25.

Baudelaire. 196, 214, 234.

Bautru. 57, 58.

Beaufort (duchesse de). 147.

Beaujeu (Christophe de). 234.

Beaulieu (Eustorge de). 28.

Belleau (Rémi). 115, 121.

Belleforest. 111.

Benoist d'Amiens. 15.

Benserade. 37, 38, 40, 42, 161, 165, 166.

Béranger. 118.

Béreau (Jacques). 111.

Bernis. 42.

Bertaut. 138, 152.

Berthauld de Villebresme. 15.

Blot. 57, 59.

Billaut (Adam). 37.

Birague (Flaminio de). 138.

Boileau-Despréaux. 3, 11, 25, 31, 40, 53, 54, 56, 80, 81, 83, 86, 144, 158, 174, 187.

Bois-Robert. 36.

Boissière (Jean de). 203, 209, 210.

Born (Bertrand de). 91.

Borneilh (Giraud de). 90, 91.

Boton (Pierre). 111.

Bouchet (Jean). 28.

Boufflers. 42.

Bouilhet (Louis). 196.

Boulainvilliers (Philippe de). 15.

Boulay-Paty. 196.

Brach (Pierre de). 123.

Brégy (comtesse de). 164.

Brizeux. 195.

Brodeau. 26, 28, 30.

Bruzen de la Martinière. 20, 56, 83, 105.

Bugnyon. 109.

Buttet (Claude de). 109.

Cadenet. 96.

Caillau (Jean). 15.

Caillau (Simonet). 15.

Caro. 156, 159, 189.

Certon (Salomon). 236.

Chapelain. 37, 81, 164.

Chapelle. 39.

Charles VI. 11.

Charles VIII. 18.

Charles d'Orléans. 11,12, 15, 22, 25, 31.

Chaulieu. 40, 41, 42.

Chevalier. 37.

Chillac (Timoth. de). 138.

Cholières. 138.

Christine de Pisan. 6.

Cino da Pistoïa. 89.

Clotaire II. 87.

Cœlius Sedulus. 87.

Colbert. 172, 174.

Collerye (Roger de). 18.

Colletet. 29, 56, 79, 83, 90, 92, 100, 102, 115, 122, 123, 127, 128, 131, 137, 138, 146, 209, 210, 211, 218, 224, 226, 227, 231, 232, 233.

Commire. 41.

Condé (prince de). 57, 58, 59, 62.

Conrart. 155, 159, 164.

Conti (prince de). 162.

Corneille. 38, 41, 123, 151, 163, 164, 223, 226.

Crépet (Eugène). 33.

Crescimbeni. 95.

Cretin. 18.

Damase (St). 87.

Dante Alighieri. 89, 91, 96.

Dante da Maïano. 98.

Davesne. 72.

Davity (Pierre). 239.

Delorme (Joseph). 45, 185, 186.

Des Autels. 109.

Des Barreaux. 169, 170, 192.

Deschamps (Eustache). 6.

Deschamps (Antoni). 190 192.

Deschamps (Émile). 192 230.

Des Houlières (Mme). 41, 181.

Desmarets. 164.

Desportes. 111, 128, 131, 132, 133, 136, 137, 147, 170, 200.

Des Vignes (Pierre). 93, 95, 97, 98.

Dorat. 42.

Doré (Gustave). 14.

Drelincourt. 168.

Du Bartas. 121, 125.

Du Bellay (cardinal). 112.

Du Bellay (Joachim). 28, 29, 102, 103, 106, 107, 108, 111, 112, 114, 115, 122, 188, 189, 199, 200, 228, 231.

Du Bois (Simon). 18.

Du Buys (Guillaume). 138.

Du Fresny. 41.

Dulot. 180.

Du Perron. 139.

Durant (Gilles). 139, 159.

Du Ryer. 148.

Du Souhait. 138.

Duval (Jean). 57, 58, 60.

Du Verdier. 90.

Ellain (Nicolas). 111.

Elzevier (Daniel). 239.

Esprit (l'abbé). 164.

Estienne (Henri). 89.

Farnabe (Thomas). 239.

Fauchet (Claude). 89.

Fauriel. 95.

Floriot. 37.

Fontenelle. 182, 187.

Fouquet. 172.

François Ier. 31.

Frédéric II. 93, 97.

Fredet. 15.

Frénicle. 38.

Froissart. 6, 7, 8, 9, 10, 31, 51.

Gacon. 43.

Garnier (Robert). 127.

Gautier (Théophile). 192, 195, 199.

Gentil-Bernard. 42.

Gérard de Nerval. 192.

Gidel. 94.

Ginguené. 84, 93, 98.

Godeau. 37, 143, 150.

Gombault. 37, 150, 151, 152.

Gomberville. 166, 167.

Goujet. 8, 168.

Grammont (comte de). 196, 201.

Gresset. 42.

Grévin. 109.

Gringore. 18.

Grognet. 28.

Grotius. 239.

Guesdon (Adrien de). 109.

Guizot. 150.

Guttinguer. 192, 193.

Guy de Tours. 111.

Habert. 139.

Hamilton. 41.

Henri III. 131.

Henri IV. 126, 131, 139, 147.

Héroët. 26.

Hesnaud. 172, 174, 224, 225.

Houssaye (Arsène). 192.

Huet. 37, 87.

Hugo (Victor). 195, 196.

Hurtado de Mendoza. 179.

Imbert. 43.

Inghilfredi. 97.

Jacopo da Lentino. 97.

Jamyn (Amadis). 120, 121, 227.

Jodelle. 120, 122.

Jonquière (de). 30.

Joyeuse (duc de). 131.

Labé (Louise). 118, 171.

La Boëtie. 120.

La Bruyère. 20.

La Croix du Maine. 90.

La Fontaine. 22, 40, 172.

La Jessée. 110, 124.

Laleu (de). 144.

La Louptière (de). 71.

Lamartine. 195.

La Mesnardière. 164.

La Monnoye. 41, 68, 71.

Lamotte. 182.

La Péruse. 121, 123.

La Place. 71.

La Roche du Maine (Mⁱⁱᵉ de). 163.

Lassus (Orlande de). 128, 129.

Laudun (Pierre de). 203, 211.

La Valletrie. 138.

La Vigne (André de). 18, 51, 52, 70.

Le Breton. 81.

Leconte de Lisle. 196.

Lemaire (Jean). 88.

Léon X. 29.

Le Pays. 176.

Le Poulchre. 111.

Lescurel (Jehannot de). 10, 51.

Le Voys (Hugues). 15.

Longueville (duchesse de). 162, 164.

Lope de Vega. 178, 179.

Louis XI. 14.

Louis XII. 11.

Louis XIV. 43, 67, 172, 204.

Machault (Guillaume de). 6, 7, 10, 51.

Macrin (Salmon). 109.

Magny (Olivier de). 109, 128, 129, 159.

Mailly. 58.

Malherbe. 30, 31, 105, 131, 142, 143, 144, 145, 147, 148, 149, 187, 204, 218, 223, 225.

Malleville. 34, 36, 37, 68, 150, 155, 157, 158, 159.

Mangeant. 72.

Marigny. 57, 58, 59.

Marin (Cavalier). 179.

Marivaux. 31.

Marot (Jean). 18,

Marot (Clément). 18, 24, 25, 26, 27, 28, 30, 31, 53, 54, 102, 105.

Marquetz (Anne de). 168.

Maure (comte de). 61, 62.

Maynard. 144, 167, 173, 203, 217, 218, 219, 220, 221, 223, 226.

Mazarin. 57, 58, 65, 69.

Ménage. 37, 83, 155, 156, 159.

Méon. 90.

Méziriac. 159.

Michel d'Amboise. 51.

Milton. 188.

Molière. 31, 40, 41, 177, 181, 205.

Molinet. 21.

Molza. 170.

Montaiglon (A. de). 10.

Montaigne. 120.

Montausier. 37.

Montreuil. 37.

Montsacré. 138.

Muret. 115.

Musset. 45, 135, 136, 137, 187, 192, 195, 200.

Naudé. 59.

Nervèze. 138.

Nodier. 186, 192, 203, 228, 230.

Nostradamus. 88.

Orientius. 87.

Ovide. 106.

Papillon (Marc de). 236.

Pasquier (Étienne). 115, 119, 235.

Passerat. 123.

Pélisson. 166, 219.

Pelletier (Jacques). 107, 108.

Perrin (de Lyon). 18.

Pétrarque. 34, 45, 46, 86, 89, 96, 102, 108, 111, 188, 190, 211.

Pierre d'Auvergne. 95.

Piron. 43, 71.

Pontoux (Claude de). 109.

Pontus de Tyard. 102, 109.

Porchères (Laugier, de). 147, 148, 149.

Pradon. 181.

Prévost (l'abbé). 42.

Properce. 106.

Quintus Catulus. 155, 158.

Racan. 144, 150, 223, 226.

Racine. 41, 181.

Rambaud de Vaqueiras. 96.

Rambouillet (marquise de). 31.

Rambouillet (Mlle de). 37.

Rampale. 159.

Ranchin. 4, 68.

Ranieri da Palermo. 97.

Rapin. 121.

Raynouard. 99.

Regnier (Jean). 51.

Regnier-Desmarets. 41, 177, 178.

Retz (cardinal de). 58, 59.

Richelet. 115.

Richelieu (cardinal de). 36, 131.

Ronsard. 28, 30, 31, 55, 86, 107, 111, 115, 116, 118, 127, 129, 132, 142, 152, 171, 185, 188, 189, 198, 199, 200, 217, 223, 227.

Rousseau (J.-B.). 182.

Ruggerone. 97.

Sagon. 51.

Saint-Amant. 5o, 56, 57, 59, 63, 68, 70.

Sainte-Aulaire. 41.

Sainte-Beuve. 3o, 131, 138, 171, 186, 187, 188, 189, 192, 195.

Sainte - Marthe (Charles de). 28.

Sainte - Marthe (Scévole de). 101, 121, 179.

Saint-Gelais (Octavien de). 18, 22, 24, 51.

Saint-Gelais (Mellin de). 26, 28, 55, 82, 102, 107.

Saint-Pavin. 37, 174.

Salel (Hugues). 26.

Sallier (l'abbé). 12.

Sarrazin. 150, 164, 176, 180.

Saumaise. 87.

Saurin. 71.

Sautereau de Marsy. 82, 219.

Scaliger. 118.

Scarron. 57, 164, 181.

Scève (Maurice). 26, 108, 118.

Scudéry. 37.

Sénèque. 239.

Sévigné (marquise de). 172.

Shakspeare. 188.

Sibilet (Thomas). 26, 52, 56, 69.

Soulary. 196, 198, 210, 212, 215.

Tahureau. 109.

Tallemant des Réaux. 56, 62, 68, 149, 218.

Testa. 97.

Thibaut de Champagne. 89, 90, 91, 92.

Tibulle. 106.

Toutain (Charles). 111.

Trellon (Claude de). 111.

Tristan l'Hermite. 159.

Tross (Edwin). 18.

Vauquelin de la Fresnaye. 28, 29, 121, 122, 132.

Venceslas de Luxem-bourg. 7.

Ventadour (Bernard de).
91, 96.

Vergier. 68.

Vermeil (Abraham). 138.

Verville (Béroalde de).
138.

Vidal (Pierre). 96.

Vigny (Alfred de). 186,
195.

Villemain. 90, 91, 96.

Villon. 11, 17, 55.

Voiture. 30, 31, 32, 33,
34, 37, 41, 42, 68, 142,
147, 149, 150, 155, 156,
157, 159, 162, 165, 166,
178, 179, 187, 193, 200,
217, 218,

Voltaire. 42, 43.

Williams. 179.

Wordsworth. 189.

TABLE.

PRÉFACE.   v

DU RONDEAU.   1

DU TRIOLET   47

DU SONNET   75

    La Musique du Sonnet.   77

    CHAP. Iᵉʳ. Les Origines   79

    — II. La Pléiade.   105

    — III. Les Ruelles.   141

    — IV. Le Cénacle   185

    — V. Les Excentriques.   207

INDEX ALPHABÉTIQUE.   241

ERRATA

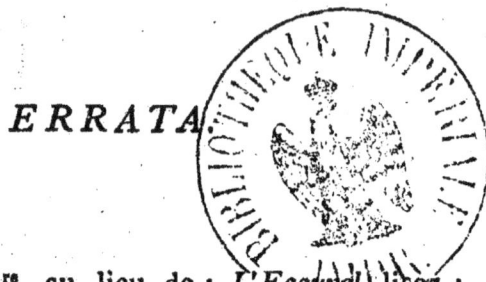

Page 11, ligne 1ʳᵉ, au lieu de : *L'Escurel,* lisez :
Lescurel.

Page 31, ligne 18, au lieu de : *Froissard,* lisez :
Froissart.

Page 37, ligne 22, au lieu de : *Adam Billaud,* lisez :
Adam Billaut.

Page 58, ligne 5, au lieu de : *Bauchaumont,* lisez :
Bachaumont.

Page 65, note 1, au lieu de : *et sur réforme générale,*
lisez : *et sur la réforme générale.*

Page 110, septième vers, au lieu de : *pansements cou-*
verts, lisez : *pensements couverts (pensées secrètes).*

Achevé
d'imprimer
par
J. BONAVENTURE
le 25 Mai
MDXXXLXX.

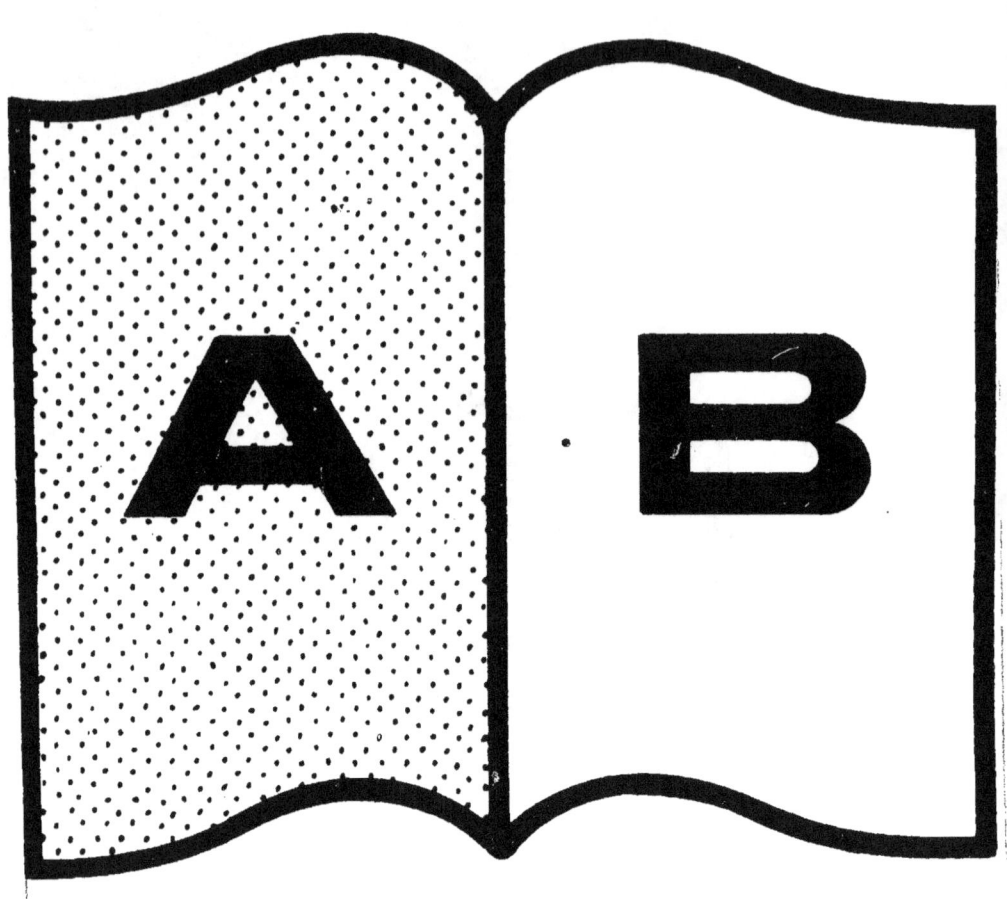

Contraste insuffisant

NF Z 43-120-14

www.ingramcontent.com/pod-product-compliance
Lightning Source LLC
Chambersburg PA
CBHW070508030726
47503CB00004B/1208